O HOMEM QUE NÃO SABIA CONTAR HISTÓRIAS

Rodrigo Barbosa

O HOMEM QUE NÃO SABIA CONTAR HISTÓRIAS

EDITORA RECORD

RIO DE JANEIRO • SÃO PAULO

2012

CIP-BRASIL. CATALOGAÇÃO-NA-FONTE
SINDICATO NACIONAL DOS EDITORES DE LIVROS, RJ

Barbosa, Rodrigo
B212h   O homem que não sabia contar histórias / Rodrigo Barbosa. –
Rio de Janeiro: Record, 2012.

ISBN 978-85-01-09412-4

1. Romance brasileiro. I. Título.

                                      CDD: 869.93
11-6915   CDU: 821.134.3(81)-3

Copyright © by Rodrigo Barbosa, 2012.

Capa: Carolina Vaz

Texto revisado segundo o novo Acordo Ortográfico da Língua Portuguesa

Direitos exclusivos desta edição reservados pela
EDITORA RECORD LTDA.
Rua Argentina 171 – 20921-380 – Rio de Janeiro, RJ – Tel.: 2585-2000

Impresso no Brasil

ISBN 978-85-01-09412-4

Seja um leitor preferencial Record.
Cadastre-se e receba informações sobre
nossos lançamentos e nossas promoções.

EDITORA AFILIADA

Atendimento e venda direta ao leitor:
mdireto@record.com.br ou (21) 2585-2002.

Mas, para mim, o que vale é o que está por baixo ou por cima — o que parece longe e está perto, ou o que está perto e parece longe. Conto ao senhor é o que eu sei e o senhor não sabe; mas principal quero contar é o que eu não sei se sei, e que pode ser que o senhor saiba.

Guimarães Rosa

*E eu não sabia que minha história
era mais bonita que a de Robinson Crusoé.*

Carlos Drummond de Andrade

PRIMEIRA PARTE

Um

A história que a gente escreve nunca é a que se quer escrever. Esta, por exemplo, não é a história que eu quis. É a que aconteceu, o que é bem diferente.

Ela começou num café. Sentado de costas para um casal que conversava na mesa próxima, larguei a leitura do jornal quando percebi que a mulher falava de mim. Fechei os olhos, abri os ouvidos.

— É aquele homem de andar miúdo, meio encurvado, José Brás, conhece? É um bom sujeito, coitado, mas não tenho muita coisa a contar dele. Sei que trabalha com essas coisas de previsão de tempo, como é mesmo o nome? Meteorologia. Deve ter alguma relação com meteoros, aquelas pedras que caem do céu. Aliás, você já ouviu falar de alguém que tenha visto alguma? Existem coisas que a gente aprende na escola (esta é do livro de ciências) e depois nunca mais tem notícia. Não servem para nada, mas ficam ali, boiando na nossa memória. Quem sabe algum dia a existência de meteoros pode ter algum sentido para mim?

Mas eu falava do José Brás. Sei que ele é daqui mesmo, trabalha no Centro de Previsão do Tempo da universidade. Já estive com ele em ocasiões sociais, mas nunca ouvi sua voz. Tem olhos tristes, castanhos, escondidos atrás dos óculos pequenos. Não sei onde ele mora, você pode descobrir no tal Centro. Isto é, se for realmente importante falar com ele. Você pode tentar, mas não acredito que ele vai ter algum fato interessante para contar. Ele é do tipo que não tem histórias para contar.

Do tipo que não tem histórias para contar. Este era eu. Ela não poderia ter sido mais precisa na definição. Abri os olhos e vi o fundo da xícara. Foi como se eu tivesse visto outra pessoa na imagem refletida. Um vulto difuso, de óculos, misturado ao resto de café. Mas era José Brás quem estava lá, sem dúvida. Aquele que acabara de ser descrito pela mulher da mesa ao lado. As palavras que recolhi no ar e o reflexo que me capturou formaram uma combinação diabólica.

Foi neste momento que começou a ser preparado o Plano. Bebi o último gole do café ralo.

— O professor Brás está?

Era uma mulher pequena, magra, morena. Não era bonita. Rosto estranhamente largo para seu tamanho, cabelos fartos. Vestia-se de forma despojada, jeans e camiseta. Dona Iolanda, misto de secretária, recepcionista, telefonista e apoio espiritual dos funcionários do Centro de Previsão do Tempo, não levantou os olhos das palavras cruzadas.

— Quem gostaria?

— A senhora pode dizer que é Juliana, da revista Leitura.

A revista era uma publicação de grande prestígio na universidade. Artigos (a sua maioria de professores), grandes reportagens de investigação e um bem ajeitado projeto gráfico garantiam seu sucesso e respeitabilidade. Mas não foi por isso que o meteorologista, que tinha medo de jornalistas, decidiu receber a moça.

Juliana. Este nome frequentava os sonhos de José Brás desde os catorze anos de idade. Ou melhor — ele lembra bem —, desde o dia em que viu aquela menina cruzar o pátio do colégio na hora do recreio e a imagem do corpo bem-feito, da bunda arrebitada fazendo balançar a saia xadrez do uniforme, dos cabelos morenos acompanhando o ritmo e do sorriso aberto e sonoro abrindo passagem... Juliana estrelava sonhos de José Brás desde aquele acontecimento cinematográfico, o momento em que ele se tornou irremediavelmente apaixonado por ela.

A jornalista entrou no laboratório sem saber que não estaria lá caso seu nome fosse Débora, Norma ou Adelaide. Não foi difícil localizar a mesa de José Brás, no canto esquerdo da sala que dividia com outros quatro colegas. Por trás de um móvel velho e com visíveis sinais de tempo e descuido, ao lado de uma velha máquina de escrever, remexendo papéis cheios de diagramas e alguns números, estava o homem que lhe fora mostrado dias atrás. De perto, ele pareceu à repórter um pouco mais novo.

— Professor José Brás?

Juliana, a jornalista, não se parecia nem um pouco com a Juliana dos sonhos do professor. Mas tinha o nome, o nome. Afinal, o que é um nome? Poucas letras, algum som. Como pode ser capaz de transtornar uma pessoa? Ela tinha o nome. E José Brás ergueu um pouco os olhos, ajeitou os óculos e achou a moça bonita.

Revista Leitura, *o senhor deve conhecer, uma reportagem, especial para o próximo número, não iria tomar seu tempo... Juliana falava muito e depressa, as palavras iam saltando de sua boca larga, José Brás olhava para ela, olhava um pouco para papéis indefinidos sobre a mesa, pensava na Juliana da escola, do pátio do colégio, da saia xadrez.*

— Qual é o assunto da reportagem?

— O caso dos pontos luminosos na serra do Matumbi, em 1973. — O xadrez da saia se apagou. — O senhor já trabalhava aqui nessa época, não é?

— Sim, já trabalhava, mas...

— Soubemos que o Centro de Previsão do Tempo teve participação nas investigações. Gostaria de conhecer os resultados, saber do senhor como foi.

O caso dos pontos luminosos fazia parte da melhor história da cidade. Não aquela história oficial, dos anais da Câmara Municipal, dos decretos, das declarações públicas, mas a história dos acontecimentos fantásticos espalhados pelas pessoas feito vento, a história dos segredos de família, dos personagens curiosos, dos fatos que se tentavam esconder e, por isso, se tornavam ainda mais conhecidos. Histórias como a da noiva do morro do Limão, o desaparecimento do bicheiro Viriato, as paredes que sangravam na casa da beata Vanessa, os crimes de amor na família Abreu. José Brás conhecia bem o caso dos pontos luminosos, se é que alguém podia conhecer bem esse caso.

Diziam que o primeiro a ver foi seu Francisco, que era caseiro na fazenda de um empresário da construção civil, Eudes Carneiro, cuja propriedade se estendia por boa parte de um dos morros da serra do Matumbi. Nas aulas de geografia, os meninos e meninas aprendiam que aquele era o ponto mais alto da cidade. Depois de Francisco, três casais de classe média, que por lá faziam uma cavalgada noturna. A notícia se espalhou, ganhou as esquinas, os bares, as conversas depois das missas, os almoços de família, os pontos de ônibus, os recreios das escolas. Em pouco tempo, uma romaria de pessoas, em carros, motos, bicicletas, a pé, desafiava os acessos precários da serra em plantões noturnos atrás das tais luzes "bem maiores que estrelas, pouco menores que a lua cheia, que acendiam e apagavam, se movimentavam estranhamente, emitiam um som feito um zumbido".

José Brás lembra-se com detalhes da decisão do Centro de Previsão do Tempo por investigar o caso, assim que se tornou um fenômeno local e os relatos começaram a ganhar as páginas de jornais. Recorda-se com nitidez do depoimento do caseiro, que, num fim de madrugada quase manhã, viu as três bolas de luz cruzando o horizonte em movimentos circulares e harmônicos; ouviu um som metálico contínuo distante, feito um sinal de telefone; e, espantado, verificou que os ponteiros de seu relógio de parede haviam parado às 5h41m12s.

Na época, ele era funcionário recém-contratado pela universidade, estava há poucos meses no Centro. Até hoje guarda a fisionomia de seu Francisco e a lembrança do cuidado que teve em tentar ser fiel ao relato do caseiro na hora de redigir o relatório. E José Brás jamais vai esquecer a reunião no gabinete do reitor, com a presença do diretor do Centro de Previsão do Tempo e do general-comandante daquela região militar do Exército, acompanhado de dois outros militares. A figura sisuda do reitor, o fato de ser um novato na instituição e, principalmente, a atitude intimidadora dos militares, cuja autoridade inspirava medo e silêncio naqueles tempos, foram os fatores que se associaram ao seu habitual comportamento passivo e o fizeram aceitar sem contestação a decisão de que o Centro seria afastado das investigações. Aquele primeiro relatório seria encaminhado ao Exército, que assumia, a partir de então, o controle do trabalho.

José Brás tinha uma boa história para contar a Juliana, a jornalista. Naquele momento, mais de dez anos depois, nada havia que o impedisse de relatar aqueles fatos, até mesmo de recheá-los de cor e emoção. Mas...

— Aquilo foi mais uma lenda urbana — respondeu, quase cortando uma frase de sua entrevistadora.

Juliana era boa repórter, insistiu, disse que já tinha algumas provas do envolvimento do Centro naquelas investigações, mas José Brás foi tão monossilábico quanto irredutível. Ele não contou aquela história.

Dizem que os quarenta é mesmo uma idade em que os homens se dispõem a balanços. Quanto juntei de dinheiro? Quantas mulheres comi? O que vai ficar do que fiz ou do que faço? Ou: quanto tempo me resta? Estava eu diante de uma xícara vazia de café enfrentando essas perguntas. E a lista de respostas não era muito lisonjeira. Aquele currículo não dava para escrever cinco linhas razoáveis de biografia.

Meteorologista. Pelo menos eu tinha uma profissão. Uma profissão bem antiga. Os gregos chamavam de meteoro todo tipo de objeto ou partícula vinda do céu. E estudar o firmamento, analisar a atmosfera, virou meteorologia. Eu bem sabia que essa atividade tinha um certo charme. Como se fôssemos sonhadores a passar os dias olhando nuvens. Ou sábios que têm o dom especial de prever o futuro, quando anunciamos tempestades, furacões, dias de sol. Ilusão. Minha rotina era enfadonha e previsível, repleta de tarefas repetitivas. Passava os dias na frente de mapas e números, fazendo contas. Andava curvado e raramente levantava os olhos para o céu. Não fizera nenhuma descoberta espetacular, não participara de nenhum grande acontecimento meteorológico. E ainda era visto como uma espécie de primo pobre dos astrônomos, estes sim protagonistas de aventuras científicas espetaculares.

O encontro com Juliana, a jornalista, tinha acontecido havia alguns dias. Por que não contei a minha história, um raro momento interessante de uma vida sem graça? Caprichada, ela despertaria enorme interesse na jornalista, sem dúvida. Bem-contada, poderia até mesmo ser o início de uma possível sedução. Afinal, Juliana era o nome da moça.

Por que isso sempre acontecia? Era assim com os colegas no trabalho, com dona Iolanda. Era assim no grupo de amigos que frequentava o mesmo botequim quase diariamente. Uma total incapacidade de contar histórias.

Pedi outro café e me lembrei de como, ainda garoto, ninguém prestava atenção quando eu falava. Como naquele dia em que o Ricardinho veio contar da nova menina que tinha entrado na primeira série do científico, vinda do Rio. Eu comecei a dizer que a tinha visto, que se chamava Juliana, que era muito gostosa, que diziam até que beijava de língua, quando notei que todos na roda, inclusive o Ricardinho, estavam discutindo a vitória surpreendente do Bahia sobre o poderoso Santos na final da Taça Brasil, no Maracanã.

Foi sempre assim, a vida toda. Na mesa do botequim, com algumas variações, o grupo era sempre o mesmo (Cidão, Joaquim, Perna e João Luiz). Eu participava das conversas, geralmente sobre estes assuntos de homens em bares: fofocas (sim, homens em botequim fofocam muito mais que mulheres), sexo, política, futebol. Fazia até alguns comentários. Mas ninguém ouvia quando eu tentava apresentar alguma história, mesmo depois de muito esforço para tomar a iniciativa. Até que comecei a desistir, ainda que a história fosse sensacional, ainda que surgisse um impulso de contá-la, ainda que existisse uma oportunidade ideal no meio do assunto.

Foi há vinte anos, mas foi exatamente assim, tenho certeza. O tempo estava nublado, prenunciava uma chuva fina. Terminei o café e olhei pela janela. Um festival de gentes desfilava na rua, os mais variados tipos, cada um com sua história. Aquele vendedor de bilhetes de loteria e sua fuga da prisão. Aquela senhora bem-vestida e seu amante açougueiro. Aquele guarda de trânsito e sua quadrilha de roubo de carros. Aquela moça de calça jeans e seu vestido de noiva.

Dali a pouco, eu iria pagar a conta e misturar-me a eles. Não sei bem por que, quando vi a rua, veio-me uma imensa melancolia, uma dor na garganta, uma vontade cruel de não mais sair daquela mesa, de não fazer absolutamente nada, de desistir de tudo. Onde vai, o que terá a fazer, um homem que não realizou nada de importante na vida? De que serve um homem que nem mesmo é capaz de contar uma história?

Se eu não me levantar desta mesa não vai fazer a menor diferença para o mundo, para a história, sequer para este dia ou para esta rua.

Não, eu não tinha saída. Ou afogaria definitivamente aquela imagem desfocada dentro da xícara de café ou faria o Plano. Assim, começou a nascer o sonho ao qual dediquei minha vida, por estes vinte anos, até hoje. Paguei a conta e saí para a rua.

Dois

Cruzei as pernas no botequim, como sempre fazia, sentado em paralelo à mesa, corpo um pouco curvado. Fui o segundo a chegar naquele início de noite. Joaquim era sempre o primeiro.

— Fala.

— E aí?

Cumprimento padrão. Pouquíssimas palavras. Nenhum toque ou gesto de carinho. Éramos amigos. Ou cultivávamos essa estranha forma de relação masculina que, embora totalmente ausente de manifestações de afeto, fazia esses homens mais cúmplices e capazes de gestos de solidariedade entre si do que até mesmo com alguns familiares mais próximos.

— Fala.

— E aí?

Perna entrou pouco depois de mim. Fez questão de pegar seu copo atrás do balcão, preferia tulipa. Esperou que Fausto, o garçom, trouxesse sua cerveja, de marca diferente da nossa. A conta do Perna era sempre separada. Ele e Joaquim eram amigos de infância, estudaram na mesma escola. Joaquim virou médico; Perna nunca teve emprego fixo, ultimamente vendia artigos eletrônicos de procedência duvidosa. Dizia que trabalhava para um amigo dos tempos do time de basquete. Perna tinha sido pivô, amador.

Antes mesmo da chegada de sua cerveja, Perna já trazia à mesa as (suas) notícias do dia. A manchete era a confirmação de que o time do Vasco faria uma semana de pré-temporada na cidade. A delegação chegaria no domingo, ficou sabendo com o dono do hotel. Joaquim duvidou: o Vasco foi embora sem pagar a conta do hotel na ocasião do jogo contra o Cruzeiro, no ano passado; o português não iria correr o risco de tomar cano de novo. Vascaíno, Perna protestou. O flamenguista Joaquim insistiu. Concordei com ele, para irritar o Perna.

Tinha decidido que aquele era o dia definitivo. Desde a manhã, resolvi que as coisas mudariam. Essa noite no botequim seria uma espécie de comprovação, de teste definitivo. A visita da repórter era a desculpa para contar, finalmente, a minha história dos pontos luminosos e a intervenção dos militares. Uma boa história. Meus amigos não sabiam que, se não me ouvissem, estariam me empurrando definitivamente para um mundo desconhecido. De alguma forma, estariam me matando. Ou me fazendo renascer.

Não havia pressa. João Luiz e Cidão chegaram na terceira cerveja. Perna e Joaquim brigavam para ver quem lembrava primeiro o nome da professora de Educação Física da terceira série. Cidão, que não havia estudado na mesma escola e nunca tinha visto a professora, entrou na conversa, mentindo:

— Claro que eu me lembro. A cara dela tá na minha frente. Como é mesmo?... — e fingia que o nome estava na ponta da língua.

João Luiz tentou mudar o assunto para política, a mitomania do seu sócio bajulador o incomodava. Não foi feliz, enquanto Perna não sacramentou:

— Dona Irene!

— Isto! Claro! Irene! — Cidão, fingindo.

— Porra! A mulher do Machado, da Geografia! — Joaquim.

Ainda não era a hora. Esperei o comentário, sempre prolixo, do João Luiz sobre as disputas de poder na Prefeitura. A concordância de Cidão sobre o diagnóstico do seu parceiro de negócios. A troca do copo do Perna. Uma piada do Joaquim sobre o mau humor do Fausto. Esperei, ora com um sorriso, ou um comentário curto, ou uma atenção especial à porção de queijo minas, tira-gosto. Esperei.

Mas não podia fugir do meu destino:

— Fui procurado hoje por uma repórter da revista *Leitura*...

— *Leitura?!* — Perna e as novidades. — O português me contou que o Carneirão já é o dono da revista.

E deu detalhes de como Eudes Carneiro, empresário da construção civil, por conta de dívidas antigas, tinha assumido o controle financeiro da empresa jornalística. Os amigos ouviram fascinados.

Só que a minha história era boa e meu destino estava em jogo. Deveria insistir. Escolhi outra abertura, que preparei durante o dia e que me parecia infalível:

— Estou pensando em contar a ela os bastidores da investigação sobre os pontos luminosos da serra do Matumbi.

— É uma história muito boa — Cidão comentou, como se eu já a tivesse contado.

João Luiz pediu mais uma cerveja. Começou a chover lá fora.

— Não adianta, eles não vão publicar — Joaquim era sempre pessimista, mesmo que desconhecesse o assunto.

Perna lembrou-se de que os pontos luminosos surgiram na fazenda do Eudes Carneiro, que ele agora era o dono da revista, que só iria publicar os assuntos de interesse dele, como o novo Código de Obras e as peças do Grupo Teatral Primeiro Ato, porque todo mundo sabia que ele era amante da Consuelo, a atriz principal e...

Eu não sabia contar histórias.

José Brás era um dos soldados que serviam no gabinete do general Olympio Mourão Filho, comandante da 4ª Região Militar, em Juiz de Fora.

Juliana era estudante da Faculdade de Filosofia e Letras, que ocupava um belo casarão na avenida central da mesma cidade.

Eram estas as primeiras anotações de um caderno, com borda em espiral e capa azul, que estava esquecido num canto de casa até ser resgatado. Apareciam sob o título "O Plano".

A reportagem sobre os pontos luminosos não teve muito destaque naquela edição da Leitura. *Assinada pela jornalista Juliana Scotton, trazia o selo "Histórias Não Contadas", tradicional da revista, mas continha raras novidades. O texto era quase todo baseado em relatos de moradores da cidade e em jornais da época. Escondida no meio da matéria, a informação de que os meteorologistas Flávio Paulo e José Brás, do Centro de Previsão do Tempo da universidade, negaram a participação da instituição nas investigações sobre o suposto fenômeno. Nenhuma menção sobre os militares.*

Dona Iolanda não tinha o hábito de ler a revista Leitura. *Um único exemplar chegava semanalmente ao Centro e ela deixava na mesa do diretor. Somente folheava a publicação, o que acontecia muito raramente, quando a reportagem de capa lhe chamava a atenção. Funcionária pública havia quase 20 anos, 12 dos quais ocupando a mesma mesa atrás do balcão da Secretaria do Centro de Previsão do Tempo, ela já havia se incorporado ao cenário do local. Como uma mesa ou armário, que a gente vê e nem percebe a presença. Mas era a auxiliar mais requisitada pelo diretor, nem tanto pela disposição ou eficiência, mas pelo domínio dos arquivos, processos, gavetas, escaninhos. E pelo conhecimento dos humores, idiossincrasias, segredos, simpatias e antipatias dos professores e pesquisadores do Centro. Uma caixinha de remédios básicos, guardada no armário de processos, do qual só ela tinha a chave, e um vasto repertório de orações, simpatias e dicas espirituais também garantiam sua utilidade e popularidade.*

O exemplar da Leitura *com a matéria sobre os pontos luminosos já estava numa pilha de revistas, jornais, boletins e outros papéis para jogar fora fazia três semanas. Dona Iolanda era a organizadora da pilha, mas a responsabilidade por encaminhá-la ao lixo era do*

Luizmar, funcionário da empresa encarregada da faxina. Luizmar sempre aguardava que dona Iolanda lhe dissesse o momento de levar os papéis. Dona Iolanda sempre esperava que Luizmar tomasse a iniciativa, pois a função era dele. E, nesse impasse burocrático, crescia sempre um pequeno amontoado de papéis inúteis junto ao balcão da secretaria. José Brás gostava de pensar naquele monte como uma espécie de símbolo da incapacidade produtiva do setor público no país. Ou da impossibilidade de entendimento razoável entre os seres humanos.

Dona Iolanda encaminhou-se com muita pressa ao banheiro naquela tarde e nem teve tempo de prestar atenção na revista que pegara na pilha. Quando voltou à sua mesa, a secretaria estava vazia, como costumava acontecer nesses horários. Sem nenhum cuidado ou gesto furtivo, ela colocou a revista Leitura *ao lado da máquina de calcular, arrancou as três páginas da reportagem "As luzes que pararam a cidade", dobrou-as cuidadosamente e guardou na sua bolsa.*

O que seria mais importante para conseguir uma audiência atenta e interessada? Uma boa história ou a boa técnica de contar? Eu tinha bons motivos para escolher a segunda opção. O Perna e alguns autores conhecidos eram os meus argumentos. Todos os dias, uma história banal, como um fato corriqueiro de seu cotidiano, ganhava importância na boca do Perna e dominava a conversa no botequim. Por que a minha professora de educação física jamais fora ou seria assunto da roda? Ou: quantas histórias geniais foram perdidas nas mãos de narradores incompetentes? Se a cada segundo está acontecendo um novo, dramático e apaixonado caso de adultério no mundo, por que, há mais de um século, cedemos ao fascínio de uma narrativa que, ao final, nem mesmo conclui se houve a traição? Para realizar o Plano, eu tinha muito o que aprender com o Perna e com Machado de Assis...

O objetivo era muito simples. Criar as condições e me preparar para contar, com sucesso, uma história. Por quê? Para me manter (ou me fazer) vivo. Não queria muito. Não era um projeto mirabolante, como ficar milionário, aprender alemão ou fugir para um país distante. Certamente ninguém perceberia quando minha meta fosse alcançada. Não queria glória ou reconhecimento. Apenas contar uma história.

Quando o Plano começou, algumas decisões inabaláveis foram tomadas, e ficar irredutível em relação a elas nesses vinte anos foi o que me fez chegar até este ponto. Para o bem e para o mal. Diante da minha pouca habilidade para desempenhar a tarefa, decidi que precisava de uma boa história — e que as minhas histórias reais não eram boas o bastante. Portanto, precisava criar a trama a ser narrada. Defini também que precisava me preparar para superar ou amenizar minhas limitações. Embora tivesse a convicção de que jamais iria adquirir o talento e a destreza de um bom contador de histórias, precisava aprender algumas habilidades que podiam ser ensinadas. Resolvi que buscaria minha plateia em local onde não fosse conhecido. Para ser bem-sucedido, tinha que desistir de meus companheiros de botequim e de trabalho e mesmo do público da minha cidade, conhecedores da minha incapacidade. Finalmente, decretei que eu seria o protagonista da minha história e que, ao meu lado, estaria ela, Juliana.

Claro, por que não? Era a minha chance de resgatar (ou reinventar) Juliana. Dar a ela o destino que eu sonhara, não o que a vida impusera. Fazer dela e com ela o que eu bem entendesse: não era a situação ideal para um homem em relação à mulher que ama? Quando comecei a perceber essas vantagens, ainda na noite daquele dia, 20 anos antes, estava começando também a me apaixonar pelo meu Plano.

Já era madrugada quando achei um velho caderno numa gaveta da sala. Arranquei as cinco páginas com as anotações do curso de inglês iniciado e abandonado e ali iniciei os registros das ideias, para que não se perdessem. Fui me deitar e dormi um sono pesado, como havia muito não me acontecia. O José Brás que acordaria no dia seguinte ainda seria o mesmo homem medíocre, que não sabia contar histórias. Mas era um homem com um Plano.

Três

Um vento frio sempre amenizava as temporadas de sol em Cabo Frio. Sua brincadeira favorita era iludir os turistas incautos que, refrescados pela brisa, não percebiam o sol a queimar-lhes a pele branca. Depois, ao fim da tarde, os recompensava, acariciando o corpo e reduzindo a ardência incômoda. A praia do Forte estava deserta e ventava naquela noite. Juliana usava um suéter de malha fina sobre o vestido e caminhava com os braços cruzados, para combater o frio.

Falávamos de música, nosso assunto preferido. Sempre disputávamos novidades. Eu recomendava o novo LP de Elizeth Cardoso, *Canção do amor demais*, e dizia do meu entusiasmo com as letras de Vinicius (ainda não era capaz de perceber o gênio de Tom). Ela não parava de falar de *Rock around the clock*, que tinha sido gravado no Brasil pela Nora Ney e que era impossível ouvir sem que o corpo fosse perturbado por uma enorme vontade de se mexer.

Eu guardava uma mão no bolso da bermuda e a outra segurava os nossos chinelos. Tenho a impressão de que, se eu soubesse o que fazer com as mãos quando converso com outra pessoa, seria até capaz de contar uma história. Naquele momento, coração aos solavancos, tudo o que queria é que minhas mãos me ajudassem num movimento cinematográfico de enlaçar Juliana, estancar nossos passos na areia, olhar seu rosto moreno e dizer que estava irremediavelmente apaixonado por ela. Oportunidades não se repetem, a única coisa imperdoável na vida é não fazer, a ocasião é perfeita, minha cabeça chacoalha e já não ouço o que Juliana diz nem percebo a ladainha do mar.

Seguimos em frente. Tento aparentar naturalidade revolvendo a areia com os pés enquanto ando. Tenho a cabeça baixa e um vento travesso e solene brinca dentro de mim, revolve a barriga, desperta arrepios. Estamos sós na praia escura, eu e Juliana, mais que isso, eu e eu mesmo, eu e meu destino.

Juliana diz que está frio. É a hora. Mão, corpo e boca querem, mas não aproveitam a deixa. Ela está incomodada, quer ir embora, censuro-me (ou me protejo do abismo que desejava?).

— Vamos voltar?, estúpido, idiota, pergunto.

— Vamos.

Meia-volta na areia, no sonho, no desejo, na vida.

Essa cena é real. E frequenta meus pensamentos quase diariamente desde os 17 anos de idade. Sei de cor cada palavra idiota que pronunciei naquela noite e, o que é pior, cada uma que não foi dita. Meu silêncio me fez perder Juliana para sempre.

Por que não foi assim?:

A luz frágil dos postes públicos na avenida distante mal chegava à areia. Nossa sombra crescia em direção ao Forte porque uma lua cheia nos cobria em contraluz. Juliana ria, mexia o corpo e estalava os dedos enquanto caminhava e defendia seu entusiasmo com a nova música.

One, two, three o'clock, four o'clock, meu coração contava os segundos para saltar da garganta e dizer à moça que ela domina meus sonhos há dois anos. Eu te amo — foi no meio de uma frase musical qualquer que ela solfejava. Eu te amo — é tão simples, três palavras, quatro sílabas, menos de um segundo para pronunciar.

Eu te amo — para a música. Está dito. Ela para, me olha. Eu paro, me viro. Não, não há espanto em seus olhos. Antes dela, eu repito, é isso, eu te amo. Ela não fala. Sorri seu sorriso largo e luminoso, mais que a lua. Sorri e corre em direção à duna. Deixa-se cair sentada. Corro atrás, sento-me ao lado, não encosto. Ela sorri de novo, ainda mais enluarada. E me beija.

Que coisa mais extraordinária (re)escrever a história! O Plano começa a me divertir. Não deixo de sorrir quando penso que Bill Halley e Seus Cometas é uma trilha sonora muito adequada a um meteorologista.

A agente administrativo nível III Iolanda Moreira chegou a seu apartamento, num condomínio de classe média baixa, antes das seis, como sempre fazia. Foi recebida com festa por Jane e Herondy, dois gatos balineses que dividem a casa com ela. Fez um agrado, ligou a

TV e foi para o seu quarto. As páginas com a reportagem da revista Leitura *saíram de sua bolsa direto para uma gaveta do armário embutido, repleta de papéis. Foram colocadas na pasta "Imprensa", junto a um recorte do* Diário da Manhã, *de 28 de janeiro de 1974. A família de Francisco José de Souza, 63 anos, comunicava seu desaparecimento, informava que ele fora visto pela última vez no dia 22 de dezembro do ano anterior, próximo à fazenda Bela Vista, na subida da serra do Matumbi, e pedia informações a quem soubesse ou tivesse alguma notícia de seu paradeiro. A velha foto três por quatro de Francisco vinte anos mais moço certamente não ajudaria quem se dispusesse a tentar colaborar.*

Iolanda deu comida aos gatos e preparava-se para o banho quando o interfone tocou. Voz de mulher.

— Eu gostaria de falar com dona Iolanda.

— Quem é?

— Meu nome é Cecília. É assunto de seu interesse.

— De que se trata?

— O caso dos pontos luminosos na...

Antes que Cecília completasse a frase, a curiosidade de Iolanda já tinha acionado o botão que abre a porta do prédio. Em segundos, estava recebendo na sua casa uma mulher jovem, mulata, que nem a forma simples e modesta com que se vestia disfarçava a beleza. Cecília tinha olhos vivos e jeito decidido, que impressionaram Iolanda.

Apresentou-se, professora da rede pública. Tinha um interesse especial, por razões pessoais, no caso dos pontos luminosos, e soube por "alguém confiável" que a secretária do Centro de Previsão do Tempo poderia ter informações relevantes sobre a história. Para Cecília, qualquer fato era importante, havia anos recolhia notícias sobre aqueles acontecimentos.

— *Água? Suco? Café?*

Iolanda estava bem mais disposta a ouvir do que a falar com a visita. Trouxe biscoito e suco de caju.

— *Por que a moça se interessa pelo assunto, já antigo?*

Cecília notou o interesse e a reticência de Iolanda, tinha facilidade em perceber as reações das pessoas, aprimorara nos últimos anos o dom de entender o não dito. Precisava abrir-se um pouco com ela para obter informações.

E Cecília contou uma parte de sua história, para uma Iolanda tão atenta que se esqueceu do suco e dos biscoitos. Era namorada-quase-noiva do soldado Denílson Silva, desaparecido desde o Natal de 1973. Ele era o homem da sua vida, e, desde aquele dia, ela tenta decifrar o quebra-cabeça que aponte a solução do misterioso sumiço. Denílson servia no quartel da 4ª Região Militar e estava de plantão na noite de Natal. Não voltou para casa no dia seguinte, o Exército informou à família que ele havia deixado o quartel às oito da manhã, nunca mais foi visto. Poucos dias antes, ele tinha revelado a ela que estava envolvido num projeto sigiloso, muito importante. Cecília conseguiu apurar depois, usando sua sensibilidade e seus dotes de mulata bonita, que ele estava participando de missões noturnas na serra do Matumbi. E que, ao contrário do que foi dito pelos militares, não retornou ao quartel na noite de Natal.

— *Mais um* — Iolanda disse, em tom baixo, como se estivesse pensando.

— *Como assim?* — perguntou Cecília, fingindo desconhecer o desaparecimento do caseiro Francisco, para ver se estimulava a mulher a falar.

Iolanda pediu "um momentinho" e logo voltou do quarto com o recorte de jornal publicado pela família de Francisco.

— *Na mesma época, no mesmo local* — mostrou a Cecília, que simulou grande interesse.

A secretária contou uma parte da sua história. Trabalhava no Centro de Previsão do Tempo, tinha interesse em ufologia desde menina, ficou muito excitada quando surgiu a história dos pontos luminosos. O assunto era muito comentado no trabalho e ela própria chegou a ir algumas vezes à fazenda de Eudes Carneiro, mas nada viu. Desde então, tem guardado as notícias que a imprensa publica sobre o assunto. Não imagina quem pode ter falado sobre ela a Cecília, as informações que tinha eram as destes recortes, só isso.

Cecília pediu para ver os recortes. Iolanda disse que estavam "meio bagunçados", precisava organizá-los para mostrar a ela noutra ocasião. Trocaram telefones. Iolanda pensou que seria necessário esconder as cópias dos documentos que guardava, entre os quais o relatório de José Brás com o depoimento de seu Francisco; Cecília não disse nada do que já sabia sobre o sumiço do caseiro. Despediram-se com dois beijinhos.

Na primeira vez que vi Cecília, a aula já tinha começado. Ela entrou iluminando a pequena sala onde eu me sentia o mais deslocado dos homens. A moça pediu desculpas pelo atraso, sentou-se à minha frente na roda, cruzou as pernas mostrando o joelho e capturou definitivamente meu olhar constrangido. O curso Contadores de Histórias fazia parte do Plano, mas eu já estava quase desistindo não fosse a entrada solar daquela mulata. Para dividir o ambiente com ela, eu iria me submeter à convivência com cansadas professoras, senhoras aposentadas e estudantes de teatro, na tentativa de aprender técnicas de contar histórias para crianças e idosos.

Foi por ela, por exemplo, que logo na segunda aula me vi de pé no meio da roda tentando narrar a história dos Três Porquinhos. Com resultado patético, é claro, tenho certeza que ela notou. Cecília jamais soube, mas sua presença foi decisiva para que eu escolhesse a minha história dos pontos luminosos, quando, na aula seguinte, a professora pediu que cada um relatasse, usando as técnicas ensinadas, um fato da sua vida. Concentrado na história e extremamente tenso, como sempre fico nesses momentos, não percebi o enorme interesse que estava despertando nela.

Depois, no balcão da cantina, Cecília se aproximou de mim e pediu um chocolate quente. É claro que havia percebido que sua beleza me perturbava, elas são boas nisso, e preferiu uma abordagem mais casual, embora seu único interesse fosse explorar mais a minha história da sala de aula. Perguntou-me se estava gostando do curso. Menti que estava achando interessante e acrescentei um toque pessoal: eu não me sentia muito à vontade na hora de falar na frente de todos. Ela se insinuou um pouco mais: quis saber quem eu era e o que fazia ali. Inventei que recebia convites para cursos e palestras, e o conhecimento de técnicas de contar histórias poderia ser útil, ainda que para uma plateia de adultos. Ela me contou que dava aulas para crianças, e que fora matriculada no curso pela direção da sua escola. Cecília me falou, com um meio sorriso que ampliava sua beleza, que eu não tinha me saído tão mal na sala de aula. Terminou seu chocolate e despediu-se com dois beijinhos.

A mulata se foi e meu desejo seguiu aquele movimento compassado de quadris que se afastavam. Havia muito tempo uma presença feminina não fazia aquele estrago na minha cabeça, que se refletia numa curiosa e agradável sensação abdominal. Meu olhar era constantemente provocado nas ruas pela passagem de mulheres interessantes, mas Cecília era diferente. Cecília era uma possibilidade. E as aulas do curso Contadores de Histórias se tornaram o acontecimento mais importante da minha agenda previsível. Além da elaboração do Plano, é claro.

A vida começou depois daquele beijo. Juliana não sabia, mas quando seu lábio aceitou o meu, na duna da praia do Forte, um fio de destino começava a ser puxado. Um fio comprido, que só se romperia mais de quarenta anos depois. Calma! Não vamos adiantar a história. A expectativa do desfecho sustenta a atenção da audiência. É preciso preservar o mistério.

Tínhamos 17 anos naquela noite. A gente nunca consegue se livrar dos nossos 17 anos. Tudo é intenso e eterno nesse tempo. Vivi dias de encantamento com Juliana. Cada segundo era o mais importante da história. Como nos dissemos coisas fundamentais! Era tudo claro e sem sombras como o céu azul de doer e o sol explodindo na areia branca de Cabo Frio. Nada a temer. Vontade de tomar banho de vida, felicidade é desejar o futuro.

E o futuro, merda, veio, míseros três dias depois. De forma estúpida e prosaica: a temporada acabou. Em segundos, o homem e a mulher que tinham o mundo e todos os mistérios a seus pés eram apenas dois adolescentes voltando para a casa do papai. Nossos superpoderes foram incapazes de congelar o tempo, e o tal fio do destino iniciou novas voltas.

Eu, serviço militar obrigatório, outra cidade, carreira no Exército como meta da família. Ela, conclusão do Clássico, faculdade de Letras, um bom casamento como meta da família. Um ano, mais ou menos uma eternidade quando se tem aquela idade. Quando tudo indicava que o fio se partira em duas pontas, dois rumos, o soldado conseguiu ser transferido de cidade, deu um jeito de matricular-se no curso de Geografia e de frequentar os mesmos corredores da estudante de Letras.

Impressionante como aqueles meses de distância foram suficientes para transformar os personagens desta história em dois adoráveis estranhos! O recruta proletário trabalhava no gabinete do general que preparava o golpe militar para defender a classe média da ameaça comunista e derrubar o presidente civil. A estudante de classe média sonhava com as reformas de base e escrevia manifestos contra o capitalismo e a exploração da classe proletária. Ele ouvia bossa nova e achava que o festival no Carnegie Hall confirmava o valor do Brasil no exterior; ela chorava ouvindo João do Vale e Zé Kéti no teatro Opinião e seu corpo adorava dançar o iê-iê-iê.

Mas, acima de tudo, eles amavam música e trocavam elepês de Carlos Lyra e dos Beatles. E, na história dos dois, houve uma noite de lua em Cabo Frio. Pouco mais de um ano depois, foi no tapete da casa em que ela morava com os pais que as mãos do ajudante do general Mourão Filho seguraram a nuca da estudante comunista e, em minutos, os dois corpos arrepiados fizeram sua revolução. Eu não me lembro de respirar naquela noite. O som da gargalhada dela indica que estávamos vivos naquele mergulho. E a vitrola rodava Stan Getz, João e Astrud Gilberto.

Quatro

A presença de Cecília me inspirava a reescrever a história de Juliana. Ou, ao contrário, reinventar Juliana me impulsionava em direção à presença de Cecília. Mas, na verdadeira história, aquela que a gente escreve para valer, mesmo sem querer, o desajeitado colega de curso de Cecília é o mesmo que até hoje é devorado pela palavra que seu coração não disse aos 17 anos em Cabo Frio.

Juliana e Cecília não sabem que passei esses anos todos fingindo me orgulhar da opção por viver só. Eu achava divertido ouvir os homens falando mal do casamento e das mulheres. Fazia questão de propagandear a minha liberdade, para despertar inveja nos amigos. Experimentei namoradas fugazes, tentei preencher lacunas de desejo com visitas regulares a casas da luz vermelha ou a uma lista especial de telefones comerciais com nomes de moças como Shirley, Andressa ou Kátia.

Um dia ou outro me pegava especulando se a solidão era destino ou opção. E me convencia a enxergar virtudes nas alternativas. Na primeira, eu era um predestinado a viver comigo, o que me estimulava a uma existência especial — e melhor. E a sorte me poupava do estorvo de dividir o cotidiano com uma estranha (os outros são todos estranhos). Na segunda, eu era forte o suficiente para não ceder à sedução do conforto de ser amparado, protegido por alguém, até ficar dependente. A vida solo seria uma escolha — e isso me tornava muito mais preparado para enfrentar o mundo.

De fato, não me incomodava esquentar no forno a mesma lasanha durante quase uma semana e jantar sozinho assistindo à televisão. Aprendi a viver instantes de felicidade ouvindo música de madrugada no apartamento, com a luz apagada, e acordando às três horas da tarde de sábado. Ou passando o domingo com uma pilha de fitas de vídeo. A vida é exercitar rotina.

Vez em quando aparecia vontade de comentar aquele verso com alguém, de discutir o desfecho do filme. "Você também não acha genial o cara escrever que, na desordem do armário embutido, meu paletó enlaça o seu vestido, o seu sapato ainda pisa no meu?" "O que você acha que quer dizer Rosebud?" Nessas horas, à falta de alternativa melhor, eu reforçava o serviço de uísque, discutia com aquele outro que aparece depois da segunda dose e aquecia o debate interno até apagar em paz.

Piores eram os momentos depois que a prestadora de serviços sexuais recolhia o soldo e dava no pé, atrás de outras jornadas. Assim que ela batia à porta, o barulho do garfo e da faca no prato do meu jantar tardio parecia amplificado, incomodando a madrugada silenciosa. Engraçado, nessas horas sempre fazia frio, qualquer que fosse a previsão do tempo. Eu engolia a comida, tomava um banho e me deitava encolhido. Sobrava cama. Faltava sentido, explicação. Faltava alguma coisa, mas eu adormecia sem ela. E ela, seja o que for, não me fazia falta ao acordar. Ou eu me enganava que não fazia.

Até que comecei a brincar de sonhar acordado e aquelas noites receberam sentido novo. No caderno, Juliana vivia e era minha. E, no dia seguinte, tinha aula e Cecília. Razões de sobra para recobrar a vontade de viver. E para vencer cada etapa do restante do dia.

A parada quase diária no botequim após o trabalho era uma forma de adiar a inevitável e previsível volta para casa. Com o tempo, aquele programa se tornou também inevitável e previsível. Depois que comecei a preparar o Plano, no entanto, a convivência com os habitantes daquele universo ganhou novo interesse. Já havia concluído que o jeito de contar era mais importante do que a história. Por isso, a observação das atitudes e comportamentos dos velhos parceiros de copo oferecia ricos ensinamentos, certamente. Foi quando comecei a prestar cada vez menos atenção nos assuntos e muito mais nas pessoas.

Para contar uma história, era preciso ter estilo. Comecei a catalogar alguns diferentes tipos que fui percebendo. Sem dúvida, o mais bem-sucedido era o popular, personagem construído pelo meu amigo Perna. Em primeiro lugar, o carisma do contador. Não era ele que se posicionava no centro da roda; a roda era organizada em torno dele. A plateia o procurava, como a um artista. Ele correspondia e prendia a atenção, misturando a voz alta e pequenos afagos individuais a cada um dos interlocutores. "Nós estávamos juntos"; "o Joaquim conhece bem este assunto"; "me ajuda neste detalhe", eram frases oferecidas para cativar o ouvinte, que se sentia importante com o toque pessoal.

A profusão de histórias e a diversidade da audiência traíam o Perna. Frequentemente, ele repetia uma já contada. Educados e talvez fascinados pela narrativa, os espectadores não o interrompiam, ainda que ouvissem o caso pela terceira ou quarta vez. Um tipo popular, como o Perna, carrega também boa dose de egocentrismo. Raramente ele não é personagem da história, quase sempre como protagonista, seja por atitudes, seja por presenciar situações especiais, como fatos inusitados ou momentos históricos. Com isso, esse tipo de contador de histórias adquire ainda mais atenção e torna-se mais admirado.

O Perna oferecia falsos espaços para comentários durante sua performance. Outra característica do estilo: o ouvinte pode e deve participar, desde que não desvie o curso da narrativa ou conteste o narrador. Caso insista por esses caminhos, ele será desqualificado ou ignorado. Mas serão muito bem-vindas frases de apoio como "é isso mesmo", "é foda", "claro que eu me lembro" ou comentários que ajudem a colorir a história, sem prejudicá-la. É por isso que Cidão, o bajulador, tinha vaga garantida na plateia do Perna.

Eu não tinha dúvidas de que um tipo popular como o Perna, além de exigir dotes naturais, desses que nascem com as pessoas, carregava um enorme sofrimento. Era visível como ele fugia de situações em que não era o centro das atenções de todos. Fora de seu ambiente e sem plateia, recolhia-se à solidão. E esses momentos certamente eram dolorosos. O Perna nutria-se de suas histórias, ainda que banais, e de seu público. Não devia ser fácil dormir sem eles.

Não, eu não seria um tipo popular. Por absoluta falta de vocação, mas também por decisão própria. Muitos dos truques do Perna me seriam extremamente úteis para executar o Plano. Mas outros talentos deveriam ser observados, outros tipos, mais investigados. Havia o "autoridade", o "monopolizador de atenções individuais", o "ator", o "intimidador". Os personagens estavam à minha disposição, no botequim do Fausto: minha cerveja do início da noite começava a virar pesquisa antropológica.

Quando aquele sujeito estranho se levantou na sala de aula e começou a relatar sua experiência com os pontos luminosos, Cecília arregalou os olhos e adiantou o corpo para a ponta da cadeira. Ela jamais poderia imaginar que frequentar mais um desses cursos oferecidos aos professores da rede pública pudesse lhe oferecer novas pistas para uma investigação que perseguia fazia oito anos. No centro da sala, o homem era quase patético, com aquela voz baixa, o olhar caído, evitando encarar os colegas de curso, as mãos perdidas sem saber onde se esconder. Mas sua história surpreendeu a mulata.

Cecília sabia que era bonita. Primeiro porque usava o espelho e era exigente. Depois, porque ouvia os comentários dos homens, não somente os dos operários da construção civil, sentados no passeio na hora do almoço, mas de gente importante como os políticos municipais que visitavam a escola, vereadores, prefeitos, secretários. No primeiro dia, ela notou que sua presença chamara a atenção daquele homem, que parecia um tanto deslocado no curso para contadores de história. Agora, era ele que despertava sua atenção.

Desde o desaparecimento de Denílson, a versão do Exército sobre a última noite do seu namorado nunca fora aceita por Cecília. As autoridades militares garantiam que ele havia deixado o quartel na manhã do dia 25 de dezembro de 1973, após uma noite tranquila de plantão, sem incidentes. Denílson e Cecília planejavam anunciar o noivado às famílias no churrasco que estava sendo preparado para aquele dia. Sobrou carne e cerveja. Ainda naquela tarde, Cecília começou uma busca dolorosa por notícias, que virou obsessão. Um pouco por ela e os seus sonhos de futuro com Denílson; um pouco porque rapidamente foi se tornando claro que coisas eram escondidas dela e da família do soldado.

Cecília e Denílson moravam no mesmo bairro da zona Norte onde tinha nascido o sargento Ligório. Não foi difícil para ela, que desde menina sofria o assédio do sargento, descobrir com ele que Denílson não havia retornado ao quartel depois de passar a noite de Natal numa missão na serra do Matumbi, na região leste da cidade. Mais o sargento não disse. A partir dessa informação Cecília dedicou-se ao projeto de descobrir o que Denílson fazia lá naquela noite e por que nunca mais voltou. Aquele homem desajeitado do curso Contadores de Histórias era mais um que poderia ajudá-la.

Cecília insistiu e Iolanda voltou a recebê-la, para ver os recortes de jornais, poucos dias depois do primeiro encontro. Não havia nada que ela não conhecesse — Iolanda escondeu os documen-

tos do Centro de Previsão do Tempo noutra pasta —, e ela já esperava por isso. Naquela noite, seu principal objetivo era saber mais sobre José Brás. Cecília descobrira que seu colega de curso trabalhava com Iolanda.

Depois de fingir extremo interesse pelos recortes, que conhecia de cor, a mulata agradeceu e, na hora da despedida, inventou um jeito de dizer que tinha conhecido o meteorologista. Fez um ou dois comentários sobre seu jeito esquisito e foi o bastante para provocar mais uma rodada de suco de caju e abrir a boca de Iolanda.

— O Brás é assim mesmo — a secretária fazia questão de valorizar-se, mostrando intimidade —, muito tímido. Ele mal conversa com a gente. Não consigo imaginar como ele se sai num curso como esse. A gente convive há anos e sei tão pouco dele.

Iolanda passou os minutos seguintes descrevendo em detalhes o "tão pouco" que sabia de José Brás. Contou sua trajetória no Centro e revelou que sua promoção, em 1974 ("com muito pouco tempo de serviço"), tinha provocado ciúme entre os colegas. Lamentou que ele não demonstre ambições para funções de chefia. Falou de seu jeito esquisito e solitário, que gerava comentários maldosos na universidade. Até a cerveja diária no Fausto entrou na descrição que Iolanda fez do colega.

A secretária do Centro de Previsão do Tempo não mencionou o relatório de José Brás sobre os pontos luminosos. Cecília não revelou a Iolanda a desajeitada história que ele tinha contado no curso.

Mas a mulata tinha as informações de que precisava para se aproximar daquele homem, que poderia ajudar nas suas investigações.

E dona Iolanda tinha uma bela fofoca para o dia seguinte na repartição: José Brás era aluno de um curso para contadores de histórias...

Eu era apenas mais um soldado da tropa. Estava no jipe posicionado atrás da caminhonete do general Antônio Carlos Muricy, no comboio que saiu de Juiz de Fora em direção ao Rio de Janeiro na tarde do dia 31 de março. Às cinco da manhã, ainda de robe de seda vermelha sobre o pijama, o comandante da 4ª Região Militar, general Olympio Mourão Filho, tinha decidido que era hora de agir. Chamou Muricy e desencadeou a movimentação militar contra o presidente João Goulart. Naquele momento, era um gesto um tanto irresponsável, mas nós não sabíamos.

Os carros militares seguiam lentamente, meu coração batia acelerado. Eu era personagem de um momento histórico, mas não percebia ou não tinha condições de refletir sobre essa situação. Naquele instante, minhas preocupações se limitavam ao temor de um conflito, em que precisasse acionar minha arma contra alguém pela primeira vez, e à tentativa de encontrar uma forma de me comunicar com Juliana.

Na noite anterior, Juliana ouviu pelo rádio, empolgada, o discurso de Jango para oficiais no Automóvel Clube, no centro do Rio. A hora havia chegado, ela tinha certeza. A revolta dos marinheiros, a movimentação dos sindicatos, as palavras do presidente anunciavam a derrota das forças conservadoras e a abertura do caminho para um governo nacional, popular e socialista. Juliana não tinha dúvidas de que os sindicalistas, as Ligas Camponesas, a grande articulação comunista dentro das forças armadas, sob a batuta experiente do velho Luiz Carlos Prestes, os estudantes, como ela e seus companheiros de UNE e DCE, estavam prontos para iniciar o processo que libertaria as massas da miséria e da ignorância.

Enquanto Juliana sonhava e o recruta Brás avançava com as tropas, uma grande transformação estava realmente sendo tramada no país. As bases de um golpe se consolidavam com muita rapidez. Mas seus segredos não estavam nem nas armas dos comandados dos generais Mourão e Muricy nem na paixão da estudante e seus companheiros sonhadores. O Brasil já vivia um golpe militar. Que estava sendo dado pelo telefone.

Eu marchava pela estrada União e Indústria; Juliana gritava palavras de ordem nas salas de aula. Porém, o mais importante estava acontecendo nos gabinetes estrelados dos quartéis ou em algumas casas e apartamentos das maiores cidades do país. Os generais conspiravam. O presidente de muito pouco sabia.

A tropa do general Muricy cruzou Matias Barbosa, passou por Paraibuna, por Levy Gasparian, chegou a Três Rios no início da noite. Paramos próximo a um posto de gasolina, esperando novas instruções. Eu sabia muito pouco sobre a nossa missão ou sobre o que encontraríamos pela frente. Os boatos na tropa diziam que forças leais ao governo, do 1º Regimento de Infantaria, haviam saído do Rio para nos deter e já subiam a serra de Petrópolis. A tensão entre nós aumentava. Pelo rádio, Muricy aguardava as instruções do general Mourão, em Juiz de Fora.

O gabinete de Mourão, no bairro Mariano Procópio, ficava a poucos minutos da sede do Diretório Central dos Estudantes, no centro da cidade, onde Juliana se encontrava em "assembleia permanente", como diziam os líderes do movimento estudantil. Eles estavam excitados com a possibilidade de atender o chamado da União Nacional para defender o governo nas ruas. A possibilidade de um golpe era menosprezada, até ridicularizada. Quando soube que as tropas já estavam na estrada contra Jango, um colega garantiu a Juliana: "Agora é que eles vão ver quem tem a força!"

Eu estava próximo do general Muricy, no início da madrugada de 1º de abril, momento em que ele recebeu o apoio de pelotões de Petrópolis. Depois, assisti à comemoração, pela manhã, quando a tropa que vinha do Rio para defender o governo desistiu da empreitada e declarou-se do nosso lado.

Bastaram alguns telefonemas e o exército destacado para defender o presidente deu meia-volta. Ali, no meio do caminho entre Minas e Rio, eu estava vendo quem tinha a força.

As notícias da madrugada permitiram que avançássemos de Três Rios a Areal. A adesão matinal dos ex-inimigos iria acelerar nossa marcha se eles não tivessem pedido um intervalo de duas horas. O general queria que seus comandados batessem em retirada sem que parecesse fuga. Esperamos, antes de seguir em direção a Petrópolis. Um tempo providencial.

Mais que a espera, a ausência de combate havia relaxado a tropa. Não foi difícil conseguir autorização para ir até uma padaria perto de onde estávamos, no centro de Areal. O português foi simpático ao soldado golpista e o telefone funcionava, o que nem sempre acontecia naqueles tempos. Era hora de almoço e achei Juliana em casa, depois de uma noite de vigília cívica; eu com as tropas "revolucionárias" à beira do rio Paraibuna, ela com seus camaradas no prédio do Diretório.

Tinha chiado e linhas cruzadas na ligação Areal-Juiz de Fora. E tinha muita paixão. O único objetivo do soldado era garantir a segurança da amada. Para isso, precisei relatar, com minúcias, o êxito da nossa missão rumo ao Rio. Corri todos os riscos, mas contei a ela que as notícias que chegavam e o ânimo da tropa eram de vitória das forças anti-Goulart. Juliana estava sabendo, em primeira mão, feito um relato de correspondente de guerra, que seu sonho se desmanchara.

Ah! Como foi difícil enfrentar a perplexidade, a descrença e depois a revolta do outro lado da linha. Juliana, meu amor, tinha que se proteger, a reação contra os comunistas seria imediata, estudantes e sindicalistas eram alvos preferenciais: eu estava ouvindo esses recados no meu *front*. Queria gritar, mas a padaria cheia, o português parecia interessado na minha conversa... Pobre de mim, que só sei te amar. Vivo sonhando mil horas sem fim. Sonhando com você. E você precisa me ouvir e me ajudar. É hora de se preservar, se esconder, se guardar. Me escuta.

Como é difícil empreender qualquer diálogo razoável pelo telefone! Essa necessidade, quando surgia, sempre me trouxe pânico. Falar sem ver o interlocutor. As pausas de silêncio, quando não se sabe se foi ouvido, se foi entendido. A absoluta certeza de estar desagradando. O pavor da frase seguinte que virá do outro lado.

Não sei como consegui, ainda por cima naquelas circunstâncias. Desliguei, suando e com dores na barriga. Mas alguma coisa havia funcionado nas palavras atabalhoadas em que tropecei ao telefone e Juliana não voltou ao DCE naquela tarde. Foi para casa de sua tia.

Nós seguimos para o Rio, sem nenhuma resistência, não dei um único tiro. O golpe foi vitorioso, em poucos dias o presidente Goulart deixaria o país e os militares tomariam conta da casa Brasil. Na sede dos estudantes, colegas de Juliana foram presos, enquanto ela ouvia as notícias no velho rádio da tia e chorava. No Rio, o general Muricy já planejava o retorno a Juiz de Fora, com glórias de conquistador. E eu só pensava em reencontrar Juliana.

Ainda não sabia que o fio do destino iria se partir novamente.

Cinco

José Brás tinha o corpo cansado e a cabeça agitada naquela tarde. Pelas duas razões, não conseguia prestar atenção na aula. A professora relacionava características dos textos que deveriam ser consideradas pelos contadores na hora de escolher suas histórias. "Paixão, conflitos instigantes, personagens bem-delineados, estrutura narrativa sólida, linguagem coerente." Se ele estivesse ouvindo, poderia tentar fazer uma análise crítica do conteúdo que havia passado a noite despejando no seu velho caderno. Mas sua atenção se dividia entre a lembrança da reinvenção de Juliana e as coxas morenas de Cecília.

Depois da aula, mais uma vez ela fez que parecesse casual o encontro na cantina. E praticamente pôs na boca de José Brás, como só as mulheres são capazes de fazer, o convite para que fossem àquele café no outro quarteirão. Ele se excitou porque propôs e ela aceitou. Nem adivinhava que, na verdade, tudo acontecia porque era o que Cecília queria.

— Um com chantilly.

— Dois.

Brás queria mesmo era pedir um uísque, para ganhar coragem, mas ficou com medo da reação dela.

Foi quando ela o surpreendeu pela primeira vez. Antes que ele tentasse inventar o assunto para começar a conversa, obrigação-masculina-de-autor-de convite-a-mulher, Cecília foi direta.

— Preciso da sua ajuda.

E contou, com detalhes, sua história, a do soldado desaparecido. Ele escamoteou a decepção e fingiu surpresa.

— Por que eu?

Ela citou, sem dar muita ênfase, o dia em que ele relatou sua experiência com o tema dos pontos luminosos, mas depois mergulhou numa encantadora conversa sobre respeito, confiança, admiração. Cecília sabia que não há homem que resista a um elogio de uma mulher bonita.

— Mas o que eu posso fazer? — *Brás engolia a isca.*

Ela respondeu com solidão, cansaço da busca inútil, barreiras por ser mulher, necessidade de apoio, de orientação. Cecília sabia o que significa para um homem um pedido de apoio de uma mulher frágil.

— Como você quer que eu ajude? — *Brás fora presa fácil.*

Ainda não era final de tarde e o café estava praticamente vazio. Cecília ficou à vontade para dizer que nunca acreditou em pontos luminosos, alguma coisa obscura sempre foi escondida, a participação do Exército era muito estranha, estava certa da existência de documentos e testemunhas que pudessem descrever o que realmente aconteceu.

Embriagado pelos argumentos e pelos olhos negros e brilhantes da mulata, José Brás nem se deu conta de que, havia poucos dias, era um náufrago no fundo daquela mesma xícara de café. Sua ima-

ginação e agora aquela mulher improvável tinham jogado as boias e botes de que precisava para emergir. Por isso esteve irreconhecível quando contou sua história a ela.

— Nunca mais vou me esquecer do depoimento do caseiro. Tinha medo, aquele que a gente tem do que não entende, mas tinha muita sinceridade no jeito dele de falar.

Brás repetiu, com detalhes, o que estava descrito no seu antigo relatório.

— Você é um cientista. Acredita nisto? Em OVNIs, ETs?

Ele pediu mais um café, agora expresso. Olhou para Cecília e percebeu que a conversa a fazia ainda mais linda. Como recusar esse convite? Ajustaram a parceria: José Brás tentaria usar os caminhos da universidade e seus contatos para achar novos documentos sobre o caso. Ela seguiria atrás de testemunhas. Combinaram se encontrar no café duas vezes por semana, depois das aulas, para informar seus progressos.

José Brás pagou a conta, despediu-se de Cecília com dois beijos e assistiu, mais uma vez, ela se afastando e levando seu doce balanço que é mais que um poema.

Em seguida, ele deixou o café e mergulhou na multidão.

Nem sei como cheguei ao Fausto. Foi o instinto. Andando no meio da rua para fugir das calçadas cheias da avenida Rio Branco só tinha olhos para o chão e o pacto com Cecília zumbindo na minha ideia. O caso dos pontos luminosos estava escondido na história banal da minha vida. E agora reaparece, oferecendo uma oportunidade inusitada: uma mulher maravilhosa e, por ela, uma aventura de investigação. Os carros passavam bem perto de mim e eu pensava se seria capaz de dar conta da tarefa a ponto de cobrar pelo menos uns beijos da mulata.

Quando entrei no bar, o centro da roda — todos de pé em volta do balcão — era João Luiz. Um silêncio respeitoso e expressões de concordância ofereciam o cenário para que ele fizesse sua análise do panorama político municipal. O João "sabia das coisas", como se costumava dizer. Compunha um outro tipo bem-sucedido de contador de histórias que eu chamei de "autoridade".

João pontificava. Seu primeiro fator de sucesso era a imagem respeitável. Alguma coisa na sua história e muita coisa no seu jeito de ser transmitiam a impressão de pessoa "séria" e que tinha acesso a informações. O uso de uma linguagem mais rebuscada, algumas citações e a prática do português correto faziam um perfil de intelectual. Ainda que ele extraísse esse discurso da leitura de jornais e que não tivesse ido além de Jorge Amado na sua biblioteca.

E João Luiz também tinha cargos, contatos, posições, o que tornava a plateia ainda mais passiva e atenta. Como discordar de João Luiz? Ele conhecia os assuntos, sabia dos bastidores, tinha estudado. Mais tarde, alguém iria dizer: "Bem que ele avisou..."

O tipo "autoridade" valoriza sua atuação com uma atitude de quase indiferença sobre o tema em questão. É como se estivesse fazendo um favor ao público quando decide participar da conversa e contar sua história. Os ouvintes, depois, sem notar, viram apóstolos do "autoridade": saem contando admirados o que ele disse, como se fossem portadores de informações inéditas. Mal sabem que João Luiz, na solidão de sua sala, afunda num sofá de incertezas. Como todos nós.

Esse era um outro estilo inadequado para mim. Mas alguma coisa de seu discurso poderia ser útil no meu Plano. Aparentar certezas, vender convicções. É só assim que Juliana pode voltar a ser real — e crível. Por um instante, parei de prestar atenção em João Luiz e me lembrei de Cecília e sua missão. Mas isso era uma outra história.

Na mesma noite, de volta ao caderno, de volta à história que, um dia, eu juro que vou contar:

Não vou contar a depressão de Juliana, o abandono da faculdade, a viagem a Machu Picchu. Interessa a mim, mas não à plateia. Nem vou ceder à tentação do óbvio contraponto de 68: ela em Paris, eu em Juiz de Fora. E nem quero lembrar que, desde aquele abril de 64, Juliana tinha decretado que estávamos, eu e ela, em lados opostos.

Para Juliana, aquele telefonema do *front* não deve ter sido um gesto de amor, mas um aviso do vencedor para o derrotado. Nunca ouvi uma palavra de agradecimento. E, por decisão dela, seguimos caminhos desiguais desde o dia em que o soldado protegeu a estudante. Até que 90 milhões de pessoas entraram em ação.

O Brasil estava vazio na tarde de domingo. E eu estava mais vazio ainda. Tinha acabado de receber a notícia da morte de meu pai. Faltavam poucos minutos para a seleção entrar em campo e decidir a Copa contra a Itália. O escrete canarinho estava longe, meu pai mais ainda e eu me preparava para ver o jogo na casa de amigos. Sentei no sofá, de camisa amarela, e pensei no pai.

No seu jeito rude, na ausência de gestos de afeto. Na solidão do escritório durante as noites no nosso apartamento. Nos raros momentos de festa, quando menino, brincando na cama com ele e mamãe, logo de manhã. Nos minutos, que pareciam horas, esperando na porta da escola que ele viesse me buscar. Em tudo que eu deixei de dizer a ele.

Não sei quanto tempo passei me lembrando do pai. Até que os foguetes me despertaram, anunciando que os times entravam em campo, lá no México. Desci para a rua. Não sei se meu objetivo era o jogo na casa dos amigos ou me libertar das lembranças do pai. Afinal, esses planos foram arquivados quando, na calçada em frente a meu prédio, vi dois vultos saindo de um Volkswagen azul e correndo em direção a uma Kombi branca.

A rua de Santo Antônio, paralela à avenida principal da cidade, era sempre movimentada. Naquela tarde de domingo, no entanto, só estávamos eu, o casal que correu de um carro para o outro, e os motoristas dos dois veículos. Pelo menos, era o que dava para ver. Mesmo porque, segundos depois, não tive olhos para mais nada.

— Brás! — Juliana gritou e foi em minha direção. Calça jeans, camiseta branca, cabelos soltos, olhar assustado.

— Você mora aqui? Posso subir?

Subi de volta. Com ela. Fechamos a porta, ela me abraçou e me beijou. Na boca. Pelé, de cabeça, um a zero. Esqueci a Copa e Juliana não me explicou por que tinha saído correndo daquele Fusca. Nos embolamos ali mesmo, no sofá e no tapete. Tinham sido seis anos de ausência, de espera sem esperança. Agora, parece que todo Brasil deu a mão. Na sala do apartamento teve desejo e sonho virando realidade, feito no gramado do estádio Azteca. Quando olhamos de novo a TV, Carlos Alberto, quatro a um. Eu era tricampeão do mundo.

— Este governo de gorilas é que vai faturar.

Juliana, nua no sofá, não quis comemorar. Fogos explodiam. Ela não era mais estudante; eu não era mais soldado. Eu também sentia raiva dos militares no poder, especialmente depois de 68, das liberdades tolhidas e, acima de tudo, da violência. Mas o Brasil era tri e Pelé, Tostão, Rivelino eram craques. E brasileiros. Uma orquestra de gritos e buzinas invadiu a rua, a cidade e o meu coração. Especialmente o meu coração de menino fanático por bola. Convenci Juliana de pelo menos dividir comigo uma cerveja e ir até a janela ver a festa.

Foi assim, copo de Antarctica na mão e carreata verde e amarela ao fundo, que ela me explicou aquela inesperada invasão do meu apartamento, da minha Copa do Mundo, do meu corpo. Juliana participava de uma organização política clandestina e sua célula se reunia num sítio próximo. Chegaram notícias de que tinham sido descobertos pela polícia. Não quiseram esperar para confirmar. Deixaram o sítio, em grupos separados, com destinos diferentes, para despistar. Ela e um companheiro saíram naquele Fusca azul e, na estrada, tiveram a impressão de serem seguidos. Juliana contava a história com um jeito sóbrio que contrastava comigo, embriagado pela narrativa emocionante, pela comemoração do tri, pela cerveja, por minha paixão, pelo pai, sei lá.

— Quando eu te vi, a gente ia trocar de carro, para enganar a polícia. Na hora, achei mais seguro me separar do Barreto e me refugiar aqui.

— Barreto?

— É um codinome.

— Para onde ele foi?

— Ainda não sei. Depois a gente se comunica.

— Como?

— Existem algumas formas.

— Quer dizer que agora você está sozinha e correndo riscos.

— Quem não está? Sozinho, correndo riscos?

Não ocorreu a Juliana pedir desculpas por me envolver nessa fuga estranha. Ao contrário, me deu outro beijo e disse que foi bom me rever, tinha saudades. E foi ela mesma quem sugeriu descer à rua e juntar-se à multidão.

— É tricampeão. Você não queria comemorar?

Vesti a camisa amarela e saímos de mãos dadas pela rua Halfeld. A cidade parecia enlouquecida. Juliana sorria e me abraçava. Deu oito horas e eu dançava de blusa amarela. Juliana puxando o cordão. Minha cabeça pelas tabelas. Juliana girando, girando. Todo mundo na rua de blusa amarela. Juliana sorrindo e eu pensei que era ela voltando para mim.

Até que ela disse que iria ao banheiro e sumiu. Eu fiquei parado, de copo na mão, no meio da rua. Brasil!, gritou quase dentro do meu ouvido um crioulo sem dentes. Juliana não voltou. O fio do destino etc. Minha cabeça rolando no Azteca. É tri!, berrou a mulher do pipoqueiro. E é claro que ninguém se tocou com a minha aflição.

Seis

Na quadra da Turunas do Riachuelo, todos respeitavam o coronel Leão, diretor de carnaval. Desde que deixou o Exército, ele decidiu dedicar a vida à mais antiga escola de samba de Minas Gerais, a quarta do Brasil, a "campeoníssima", como gostava de definir, com seu trejeito superlativo, curiosa mistura de militar reformado e coordenador de desfiles de miss. O coronel tinha carta branca do presidente da escola e comandava a agremiação como nos tempos de caserna. Com um pouco mais de jogo de cintura, é claro, que o ambiente exigia e ele exibia.

O uniforme de quadra do coronel Leão era um conjunto safári, gelo ou cáqui, e uma varinha de madeira, de várias utilidades. Servia para bater com carinho na bunda dos meninos da bateria ("muito bom, Zé Pequeno, muito bom"), para fazer girar as baianas ("roda, Genivalda, roda") ou para impor sua autoridade, especialmente com os carnavalescos ("tem que ter mais plumas neste esplendor, Kalu, detesto pobreza", apontava para o croqui exposto sobre a mesa da diretoria).

Coronel Leão fez a festa dos recrutas em atraso, nos tempos de quartel. Coronel Leão agora obedecia às ordens do Pinduca, sucessor do bicheiro Viriato tanto no controle das bancas como na presidência da escola. E no entanto, por um desses mistérios brasileiros, coronel Leão era figura admirada, temida e querida por todos: compositores, passistas, ritmistas, destaques, puxadores, pessoal do barracão, frequentadores da quadra, velha guarda, baianas, jornalistas, flanelinhas, enfim, todo tipo de personagem que habita a incomparável terra do carnaval.

Só uma escola de samba para preservar a autoridade de um coronel reformado, veado e subordinado a um bicheiro, pensou José Brás, quando ouviu a descrição feita por Cecília. Mas ela não estava pedindo sua opinião. Cecília relatava uma estratégia mirabolante e pedia, com lábios e lábia, a ajuda de José Brás.

O coronel Leão fora um dos comandantes da missão Matumbi, a dos pontos luminosos. Agora, distante das forças armadas, ele poderia ser a chave para decifrar o mistério que desafiava Cecília. Era preciso aproximar-se dele, ganhar sua confiança. E Cecília tinha alguns trunfos: era mulata, gostosa e sabia sambar.

O convite foi irresistível, ainda que para explorar um terreno que para José Brás era indecifrável. Mas só o que ela queria era companhia para visitar a quadra, conquistar a escola e seu diretor de carnaval. "Você vai ver como vai ser fácil", Cecília confiava muito nos seus dotes.

Irresistível, indecifrável. Inesquecível. A primeira noite na quadra da Turunas com Cecília entrou para a história de José Brás. Ela vestiu uma saia de tecido leve, com um movimento irresistível na cadência do samba e a barra acima da metade das coxas morenas. Uma camiseta de decote indecifrável na frente e as costas nuas.

Chegaram cedo e o meteorologista não vai se esquecer daquela noite de lua cheia e do arrepio que invadiu seu corpo quando ouviu a entrada triunfal da bateria.

Surdo de marcação. Resposta. Repiniques e caixas a mil. Chocalhos que entram, que saem. Floreios uníssonos de tamborins. Cuícas que ganem. Surdos de terceira no meio de campo. José Brás sentado diante de uma cerveja meio gelada meio quente e Cecília, descalça, revelando que cada músculo do seu corpo entendia todo pedaço de som que aquela orquestra de percussão tocava. Não precisava ser um cientista neófito nas coisas do samba — mesmo o mais entediado dos habitués daquela quadra se quedou embasbacado por aquele tufão nos quadris.

Obrigado, bateria. Nas horas de intervalo, Cecília se apressava em sentar pertinho de Brás como se para mostrar à plateia que o patrimônio estava protegido. Nesses momentos, metralhado por olhares de variados calibres, ele estufava o peito, devolvia um outro olhar distante e chamava o garçom.

— Mais uma cerveja, por favor.

Até que o garçom voltou com a Brahma e um recado.

— O coronel Leão gostaria de falar com o senhor, e apontou para o fundo da área de mesas.

José Brás se virou e o coronel fez um aceno. Ele correspondeu mas não se levantou imediatamente, para valorizar. Esperou Cecília ir ao banheiro e aproximou-se do diretor de carnaval.

— A morena vai sair com a gente? — o coronel não fez rodeios.

— Tenho uma fantasia de destaque na ala show.

Por um instante Brás sentiu-se um empresário, um agente de artistas. Achou divertido o papel, encarnou o personagem:

— *O senhor está falando da Cecília? Não sei. Ela só veio se divertir um pouco.* — *Era preciso valorizar o passe da passista.*

Coronel Leão se desdobrou em cortejos e galanteios para que aquele talento fosse incorporado ao plantel da Turunas do Riachuelo. Pôs o casal na sua mesa, serviu uísque, porções de moela e torresmo. Pediu ao Kalu para mostrar a fantasia de destaque. Explicou que ela desfilaria bem na frente da bateria. E, no que julgou seria seu golpe de mestre, convidou José Brás para sair na ala da diretoria. Cecília não deu resposta definitiva. Com talento e graça incomparáveis, conseguiu deixar a impressão de que estava seduzida pelo convite, mas que seria preciso insistir. Seu único objetivo era tornar-se mais íntima do coronel, e a tarefa daquela noite estava cumprida.

Levantou-se, prometeu voltar e pediu a seu aturdido companheiro que a levasse em casa. Tinha que trabalhar amanhã cedo.

Foi a cerveja morna, que a gente bebe rápido para não esquentar ainda mais. Ou foi o uísque do coronel? Foi o zum-zum-zum das conversas na quadra, tentando vencer o som da bateria. Ou foi a onda de calor que o corpo de Cecília despejou nos quesitos evolução, enredo e conjunto? Foi a vontade de agarrar aquele corpo molhado de samba, suor e cerveja? Ou foi a tradicional falta de coragem para arriscar? Ou, certamente, foi tudo isso junto. O fato é que cheguei em casa bêbado depois do samba. E reabri o caderno, para conferir o pedaço da história que tinha inventado à tarde.

Juliana acredita que vai mudar o mundo. Ou, ao menos, o Brasil.

"Não é possível que o trabalhador não vá se revoltar e gritar sua indignação. A consciência da exploração vai se espalhar feito um vírus. Nós somos a vanguarda e vamos apontar o caminho. Hoje, aparentemente, estamos em desvantagem contra a ditadura. Mas em breve as massas vão se levantar e esse jogo vai virar. Quem sabe faz a hora."

As palavras de Juliana ecoavam na minha cabeça enquanto a Juventude Imperial desfilava cantando Zumbi, o Rei dos Palmares. Avenida Rio Branco, carnaval de 1973.

Juliana tinha reaparecido feito um cometa na manhã da véspera, sábado de Carnaval. Eu estava parado na calçada, à toa na vida, latinha de cerveja na mão, vendo a banda Daki passar. Era divertido observar algumas dezenas de homens, a maioria vestida de mulher, debaixo do sol quente, pulando no meio da rua ao som da furiosa do maestro Tim. Identificar alguns conhecidos, tentar entender o que os enlouquecia, que mistério era aquele, que estranha alegria era esta. Até que surgiu, sem que eu notasse de onde, um personagem de terno e gravata, que me pegou de lado, me cravou um beijo na boca e seguiu saracoteando rua afora.

Deixou um hálito de álcool e lança-perfume, a marca preta do falso bigode pintado a lápis e a sensação de que eram lábios conhecidos. Fui atrás. Eu andava pela calçada bem mais rápido que a lenta evolução da banda e não foi difícil identificar o dono do furtivo beijo. Ou a dona, ou Juliana, ou Carlitos, de bengala e chapéu-coco, que me viu, me enlaçou pela cintura e me fez seguir o cordão, desajeitadamente. Eu, que não tinha nada para perder, entrei na dança. Ninguém vai me acorrentar enquanto eu puder cantar.

Festa acabada, Juliana e Carlitos estavam no meu apartamento. Foi impossível resistir: pus *Smiles* para tocar na vitrola Philips, enquanto apagava de vez aquele bigodinho de lápis com um beijo molhado. Foi a única vez que despi um homem, incluindo a gravata-borboleta. Não faz mal, hoje é Carnaval.

Depois, Juliana sorriu e me contou com voz macia uma história que mais parecia uma fantasia, uma ilusão. Ela desapareceu na noite do tri porque tinha uma missão. Naquele mesmo ano fez parte do grupo que sequestrou o embaixador suíço. Conseguiram a libertação de setenta companheiros presos, mas matar um policial federal durante a ação foi um erro. O governo endureceu nas negociações e usou a morte do agente para sensibilizar a opinião pública contra os guerrilheiros. Juliana não teve saída: mergulhou numa vida clandestina, trocou de identidade.

"Agora, eu sou a Estela."

E, de repente, encantada, seu olhar ganhou brilho de estrela para garantir que o sonho valia aquela pena. "A revolução proletária vai triunfar. A transformação virá dos campos, das fábricas, das favelas. Lamarca não morreu em vão. A chama do novo tempo vai se alastrar feito pólvora e incendiar o país." Juliana (ou Estela?) não deu ouvidos a meus temores: "O povo está anestesiado, as lideranças da esquerda estão mortas, exiladas ou caladas pela censura, ninguém segura este país", tentei argumentar com *slogans* oficiais e racionalidades.

Eu falava em vão, pois Estela (ou Juliana?) delirava e sua pobre felicidade parecia com a grande ilusão do Carnaval. "Quarta-feira sempre desce o pano", insisti, mas ela retrucou que o povo da vila Furtado vinha para a avenida cantando Zumbi, desfilando a luta pela liberdade. No enredo alucinado da guerrilheira, a Juventude Imperial, escola de samba de uma das regiões mais pobres da cidade, iria mostrar à burguesia dos camarotes a revolta dos oprimidos. "Oia Zumbi!" E ela estaria lá, sambando na pista, e me convidou a bater palmas com vontade na arquibancada de madeira

Naquele domingo de Carnaval de 1973, eu me postei na arquibancada para ver passar a revolução de Juliana, uma das trinta componentes aguerridas da ala "Guerreiras Africanas".

Foi um lindo desfile, especialmente pela força da música e da bateria da escola. Mas, não pude deixar de pensar com ironia nas palavras panfletárias do meu amor, quando vi uma dona negra e gorda, com uma criança no colo, levantar-se na plateia para aplaudir outra ala, que veio depois das guerreiras. Minha companheira de arquibancada vibrou com os passos marcados executados pelas alunas brancas de uma academia de balé, filhas das mais ricas e tradicionais famílias de Juiz de Fora. "Oia Zumbi, que todos os deuses do Congo, em coro, lutem por ti!", cantavam as coreografadas bailarinas do Bom Pastor. E o povo do morro, apertado nos degraus de madeira, ainda aplaudia e pedia bis.

Era madrugada e eu relia aquele pedaço novo da história, enfrentando a marcha contínua dos ritmistas da Turunas do Riachuelo, que insistia em pulsar bem dentro da minha cabeça, som persistente na região situada entre as têmporas. Turunas? Ou seria a bateria da Juventude Imperial de 1973? Tentei voltar ao caderno, as palavras dançavam à minha frente.

Mas, o Plano não pode parar. Agostinho, depois de Itamar.

Quando terminou o desfile libertário, fui buscar Cecília na dispersão.

Cecília? Não seria Juliana, destaque da ala show? Ou a guerreira africana?

Encontrei Estela abraçada ao coronel Leão comemorando a atuação do time. A plateia gritava: "É campeã!"

Tetracampeã! Zumbi abraçando Pelé no estádio Jalisco dos Palmares. Carlitos revezando com Lamarca na guarda do embaixador suíço.

E foi naquele momento que Juliana ficou sabendo que os pontos luminosos da praia do Forte eram sinais secretos da revolução socialista.

Dormi sobre o caderno, sonhando com discos voadores, as coxas de Cecília e, como sempre acontecia, com o beijo que não dei em Juliana naquela noite em Cabo Frio.

Acordei de ressaca, sem Juliana, sem Cecília, sem discos voadores. E sem história para contar.

Sete

Despertei bem antes de abrir os olhos. Era um hábito. Despertar e conservar as pálpebras cerradas, adiando encarar o dia. Enquanto isso, pescar vestígios dos sonhos recém-vividos, deixar a imaginação trafegar na fronteira entre o sono e a vida, antecipar a agenda que me esperava, aproveitar a ereção espontânea e fantasiar prazeres, tentar adivinhar se o tempo lá fora correspondia à previsão feita na véspera. Nos dias sem compromissos imediatos, esse exercício, se é que devo chamá-lo assim, poderia se prolongar por mais de uma hora. Era um hábito, um jeito de adiar o dia. Quando se sucedia a noites de excessos alcoólicos, no entanto, despertar dessa forma doía.

Acordei (sem abrir os olhos) e demorei um bom tempo para entender o que se passava. Segui as pistas: o cheiro e o volume do meu velho travesseiro, uma cabeça que parecia pesar trinta quilos quando se mexia, a luminosidade do ambiente, que era possível perceber mesmo de olhos fechados, o barulho do ar de freio de um ônibus. Sou eu, em casa, de ressaca. Elementar, meu caro.

Buscar uma melhor posição para o corpo, cobrir a cabeça e pensar. Seria essa uma escolha melhor do que levantar, tomar um banho mais para frio, servir uma Coca-Cola com gelo, comer um tablete de chocolate e ligar o som? Se é o que eu vou fazer, mais cedo ou mais tarde, por que não já?

Porque não. Preguiça, reflexos lentos, dores no corpo podem ser desculpas que invento para mim, mas a verdade é que há um mórbido prazer em não fazer nada e dedicar-se a mover o cérebro. Única — e precariamente, dado os excessos de véspera.

Foi o que fiz, principalmente depois que me lembrei de que era sábado. Para tentar organizar o ritmo do pensamento, busquei o caminho mais óbvio: recordar os acontecimentos da noite passada. Um zumbido nos tímpanos trazia de volta a escola de samba. O pau sob o pijama deu sinal de vida própria quando revi a imagem de Cecília, da sua coxa e, em destaque, do pé descalço, do desenho exato da batata da perna, retesada enquanto dançava. Depois, com muito esforço da memória combalida, resgatei o beijo de despedida no rosto suado quando a deixei em casa.

Impossível manter algum fluxo razoavelmente contínuo de ideias quando se acabou de acordar e o efeito do álcool ainda não se dissipou. Fui das lembranças da véspera para um balanço da minha vida num *frame*, como quem muda de uma cena para a outra em corte seco, sem nenhum cuidado de continuidade.

Que delírio absurdo era aquele de inventar uma história para contar sabe-se lá a quem? Tudo isso não passa de uma estupidez. Perda de tempo. Criar a história pode até ser um exercício agradável (encolhi o corpo e quase desviei o rumo do pensamento, para fantasiar Juliana). Mas serei capaz de tirá-la do papel? Desconfio que não terei coragem de sair do conforto do caderno para a rua. A posição na cama ficou incômoda. No momento da ressaca, a gente tem uma forte tendência à autodepreciação (provavelmente para fazer jus ao corpo em frangalhos). E me pareceu patética aquela ideia do Plano. Vou resolver minhas frustrações contando a pessoas que ainda nem conheço uma história que não aconteceu?

Antes que eu conseguisse organizar o raciocínio para responder às perguntas, Juliana me envolveu. Cabo Frio apareceu diante de meus olhos fechados e eu comecei a pensar que é impossível livrar-se de uma frustração. Eu misturava a história real e a do caderno sobre aquele momento besta — e central — da minha vida. Uma pessoa mal acordada, de ressaca, de olho fechado, é capaz de lembrar, de fantasiar e até de criticar suas lembranças e fantasias, tudo ao mesmo tempo. Só não espere dela saídas para essa encruzilhada.

A primeira decisão foi desistir. O Plano era muito mais um mal-arranjado ajuste de contas com o passado do que um projeto para uma nova vida. Ao invés de ir para a frente, eu voltava, regredia. Juro que pensei assim, ainda de olhos fechados, na cama, de ressaca. Para encarar o futuro, preciso me livrar de Juliana e não voltar a ela, eterno retorno.

A primeira providência era mecânica: abrir os olhos. Então, acordei, de verdade. Não sem algum esforço. Pouco adiantou. Sou míope e enxerguei o quarto embaçado, esboços de móveis. Encontrei até um suspiro de humor para constatar que um sujeito como eu enxergava melhor a verdade: assim, turva. Pobre dos que abrem os olhos e tudo é claro, nítido. Estão sendo enganados: por si mesmos ou pelas imagens que lhes são projetadas.

Juliana é (só) uma imagem. Que eu arquivei e, possivelmente, fui melhorando à medida que o tempo a tornou mais distante. Ajustes finos no *photoshop*. Olhei para uma imagem difusa do lustre no teto e pensei que justo isso é o que fazemos com a juventude. Quanto mais distante, menos imperfeita.

É provável que esses questionamentos viessem de um furacão de perfeição do presente: Cecília. Ela era viva, real — com ou sem óculos de corrigir a nebulosidade. Cecília tinha cheiro de ontem. E o passado só é melhor que o presente quando o presente é opaco.

Naquela manhã de sábado, já de olhos abertos, a memória procurava o cheiro perdido de lavanda e patchuli de Juliana, mas só encontrava o cheiro de perfume barato, suor e samba de Cecília. Por Cecília, a mão acariciava o pau duro sob o pretexto de posicioná-lo à esquerda da costura da calça do pijama.

Com a mão direita, tateei o criado-mudo até achar os óculos. Abri as hastes, encaixei no rosto. A imagem do lustre já não era mais enevoada. Os móveis do quarto mostraram seus contornos. Até os sons da rua ficaram mais nítidos. O ouvido acompanha o olhar: os sentidos andam juntos. Tomei um banho de realidade.

Ato contínuo, Cecília virou abóbora. Ali, naquele quarto fechado, o cheiro era só do álcool que exalava do corpo maldormido. O lustre, os móveis eram velhos conhecidos. O sábado que começava, mais um dia sem graça. Enxergar o mundo real por trás dos óculos foi suficiente para mais um despertar medíocre.

O pau se encolheu sob o pijama. Minhas chances com Cecília eram nulas. Sejamos sensatos, objetivos como o velho lustre pendurado sobre a cama. Eu sou um pobre funcionário público, míope, magrelo, quase corcunda, mais de quarenta anos. Incapaz de contar uma boa história. Ela não é flor pro meu jardim, cantou Paulinho da Viola no meu ouvido desperto.

Estava solto o impasse. O Plano era estúpido, Juliana, uma derrota nunca digerida. O presente é uma xícara de café ralo, Cecília, uma miragem. Definitivamente, o sábado começava mal.

Foi quando a campainha do interfone tocou. São as trapaças da sorte.

— Brás? É Cecília. Posso subir?

Desde o dia em que encarei o fundo da xícara, passei a evitar a minha imagem. Naquele momento, no entanto, corri ao espelho. Quando me vi face a face com José Brás, tive um pouco de pena e alguma vontade de rir. A noite anterior tinha feito um estrago. Tudo bem: dava para lavar o rosto, pentear o cabelo e ficar razoável para receber a visita inesperada. Difícil era fugir da imagem do outro espelho, aquele da alma, que eu estava visitando desde que acordei.

Recebi Cecília da melhor forma possível. Troquei o pijama por uma combinação óbvia de calça jeans e camiseta de malha, escovei os dentes. Ensaiei com o espelho um sorriso patético, respirei fundo, fui até a sala e abri a porta.

Cecília despejou sua infalível combinação de autoridade e carinho:

— O que houve? Você me deixou preocupada. Tem mais de duas horas que estou tentando ligar.

Balbuciei a explicação que tinha deixado o telefone desligado para poder dormir até tarde, mas esse assunto já não interessava mais a ela. Me deu um beijo e entrou antes que eu conseguisse convidar. O coronel Leão convidou para um churrasco na piscina da casa dele. Era mais um passo na aproximação com o militar-carnavalesco. Vamos?

A resposta óbvia do José Brás de ressaca, cheio de dor no corpo e recém-saído de um duro embate consigo mesmo, era não. Mas quem respondeu foi o José Brás que sempre foi incapaz de desobedecer ou contrariar uma mulher. Pedi a ela uns minutos para uma chuveirada, um chocolate e uma coca — e deixei girar a roda do destino. Vamos.

Quando voltei do banho, já mastigando o Diamante Negro, encontrei Cecília com o caderno na mão e a pergunta na ponta da língua:

— Quem é Juliana?

Foi como um tiro. Tudo bem que o inesperado faça uma surpresa, mas aquele encontro das duas era demais. Ponto fora da curva, como era costume dizer em análises de mapas climáticos não ortodoxos. Acusei o golpe e mal me lembro de dizer que Juliana era uma personagem.

— Você nunca me disse que era escritor.

Cecília sempre teve o dom de me desconcertar. Ainda que fosse precisa em suas observações. As duas frases que ela acabara de pronunciar — uma pergunta e uma afirmação — eram lógicas, absolutamente lógicas. Mas tiveram o dom de curar a minha ressaca.

Combinadas, aquelas frases, somente elas, me permitiram imaginar que:

- Cecília interessou-se pelo caderno e por mim;
- Juliana provocara ciúmes;
- Minha história era verossímil;
- Eu seria capaz de contá-la.

Que venha o coronel, o carnaval, o vendaval, a vida, o destino! Vou ao encontro de olhos abertos. Arregalados, como um ponto de exclamação.

SEGUNDA PARTE

Sábado

Foi dona Iolanda quem abriu a porta da casa do coronel para José Brás e Cecília. Com um sorriso, abraçou e beijou os dois, sem demonstrar surpresa, como quem recebe uma velha visita.

— Professor! Cecília! Que bom que vocês vieram!

O casal dividiu a reação de espanto. Ou multiplicou. Cecília, num segundo, desconfiou que a secretária havia chegado primeiro ao coronel com os mesmos objetivos dela e que poderia ser um obstáculo e não uma aliada na sua busca de informações. José Brás precisou de mais segundos para reconhecer a colega de repartição e bem mais para estranhar que ela tivesse reconhecido Cecília: a recepção inusitada foi um golpe cruel para quem ainda tentava se recobrar dos estragos feitos pelo álcool da véspera.

— Dona Iolanda!? Esta é a casa do coronel...?

Não há conexão, desesperava-se o raciocínio cartesiano do cientista, mas Iolanda nem esperou a conclusão da pergunta.

— Ele está esperando vocês. Vamos entrar!

A casa do coronel Leão não era muito grande, mas era a maior da pequena rua, escondida num bairro da periferia da cidade. Os três cruzaram a sala decorada com algumas reproduções de quadros famosos e fotos, muitas fotos, do dono, em poses militares e carnavalescas. Brás teve tempo de pensar que de farda ele parecia muito mais fantasiado. Passaram pela cozinha ampla e simples, onde umas três ou quatro mulheres se debruçavam sobre panelas, farofas e vinagretes, e chegaram ao quintal.

Havia pouco espaço entre a porta da cozinha e o rancho no fundo do quintal, onde se amontoavam os convidados. A piscina que separava os dois cômodos era desproporcionalmente grande, parecia maior que o terreno. Era o grande luxo da casa simples e, por isso, o coronel não mediu esforços para construir a maior possível. Sobrava tão pouco espaço nas margens que talvez fosse mais fácil fazer a transposição a nado, para chegar ao ambiente do churrasco.

O cenário deixou José Brás ainda mais aturdido que a ressaca e o sorriso de boas-vindas de Iolanda. Crianças pulavam na água e gritavam, ou ao contrário. Algumas mulheres de maiô se espremiam na beira da piscina para tomar sol. No chão, pratos com restos de picanha e asa de frango dividiam o exíguo terreno com copos de plástico, cheios, vazios, amassados. Ao fundo, os convidados do coronel ocupavam duas mesas. Numa delas, pareceu ao meteorologista que uns duzentos homens de bermuda e sem camisa batucavam e berravam um pagode de sucesso. Sobre eles uma cúmulo-nimbo *de fumaça, a que a chaminé da churrasqueira não dava vazão. Noutro canto, a mesa do anfitrião, de camiseta branca e a inseparável varinha. José Brás piscou os olhos para acostumar-se com a claridade da cena e lembrou-se do banquete de Macunaíma, aquele que Joaquim Pedro de Andrade filmou no Parque Lage.*

Iolanda foi à frente, desbravando o terreno. Eles ainda não haviam vencido a barreira da piscina quando o coronel-Venceslau Pietro Pietra-Piaimã se levantou para saudá-los, braços abertos e farta cabeleira sob o suvaco:

— Meu destaque, meu diretor! — apontou.

Cecília estava muito mais à vontade que José Brás para receber os abraços, beijinhos, tapinhas e outros cumprimentos variados, distribuídos pelo suado dono da festa e seus convivas, que foram sendo apresentados, um a um, à nova aquisição da Turunas do Riachuelo. O pagode fez breque para receber Cecília, que já foi anunciada como destaque da ala show. Para José Brás, o coronel Leão inventou a piadinha, que achou muito engraçada e repetiu várias vezes, durante os cumprimentos:

— O professor é da universidade, faz previsão do tempo. Ele vai garantir que a gente vai desfilar sem chuva.

Para os dois, lugar de honra na mesa principal do churrasco.

— Picanha para a rainha! — o anfitrião rugia e agitava a varinha de condão que fazia surgir as carnes.

— Uma cachacinha, professor? É especial, do norte de Minas — apontava a garrafa sobre a mesa e, só de olhar, o meteorologista tomava um choque, fulminado por um raio que arrepiava todos os pelos.

— Trouxe o biquíni, princesa? Aproveita o calor e dá um mergulho.

Cecília agradeceu e recusou, divertindo-se com o rebaixamento no seu título de nobreza.

— Aqui em casa a cerveja é sempre assim, inteligentemente gelada — oferecia e achava genial o trocadilho idiota com o slogan-jargão.

Brás e Cecília aceitaram e, para ele, o primeiro copo funcionou como um remédio, uma poção mágica que introduziu finalmente seu corpo naquele cenário.

Iolanda sentou-se entre eles e Cecília logo observou a grande intimidade dela com o coronel. A mulata precisava agir rápido: não queria que José Brás ficasse sabendo por Iolanda como as duas se conheciam. Temia que ele se sentisse traído. Se a secretária se levantasse, ela inventaria uma desculpa para ir atrás e combinar uma versão diferente, mas isso não aconteceu. O coronel falava sem parar e os pagodeiros não cansavam de repetir o refrão de sucesso do Carnaval carioca daquele ano.

"Tem bumbum de fora pra chuchu, qualquer dia é todo mundo nu", José Brás ouvia e se impressionava com a bunda oceânica da mulher que tinha acabado de deixar a cozinha para entrar na piscina. Ele já estava no segundo copo e esperava uma oportunidade de perguntar o que Iolanda fazia na casa do coronel e de onde conhecia Cecília. Mas José Brás sempre teve dificuldade em iniciar qualquer assunto, em qualquer roda.

Cecília foi mais rápida — e resolveu arriscar, com muita segurança.

— Há quanto tempo a gente não se vê, não é, Iolanda? Você não mudou nada.

Antes que a secretária esboçasse qualquer expressão de estranheza, virou-se para José Brás e continuou.

— A Iolanda é prima do Denílson, sabia? Ela também nunca se conformou com a falta de informações sobre o seu desaparecimento.

O conjunto já tinha trocado o bumbum de fora pela estrela Dalva, samba de sucesso da Turunas de um carnaval passado. "Vem a Turunas saudar, minueto, tirolesa", coronel Leão se levantou da *cadeira e comandou a ofegante epidemia que contagiou o sanatório geral. "Praça Onze, zum-zum-zum", berrava a mulher da bunda, agitando os braços dentro d'água.*

Iolanda nem precisou de explicações de Cecília. Emendou, trocando de enredo como a turma do samba e antecipando a pergunta que José Brás não fez.

— Pois é! Eu sou comadre do coronel faz tempo. E tinha certeza de que vocês viriam para o nosso time!

Cantaram juntos, os três, o refrão do samba, sem saber, Brás e Cecília, que Iolanda não estava se referindo aos Turunas do Riachuelo.

Fomos os últimos a deixar a casa do coronel. Cecília justificou depois que tanto esforço era necessário, para criar com ele a intimidade de que precisava. O comandante do churrasco aquático-musical estava muito bêbado no final, mas Cecília preferiu não provocar o assunto dos pontos luminosos, talvez porque Iolanda não nos largava. Como era ela quem comandava, também fiquei quieto, o que não era muito difícil, em se tratando deste narrador. A estratégia de enredar o coronel pareceu bem-sucedida, ele e a mulata já trocavam intimidades na hora do licor, servido na sala das fotografias.

Levei as duas em casa e dei um jeito de entregar minha companheira de trabalho primeiro, embora sua casa fosse mais longe que a de Cecília. É claro que Iolanda percebeu e comentou alguma coisa, do tipo não é preciso dar esta volta toda, pode me deixar num ponto de táxi. O que é isso, de forma nenhuma, faço questão, dona Iolanda, dona não, desculpe, é o hábito, até segunda, tchau.

A sós, comentei com Cecília meu espanto com a coincidência entre nós e Iolanda e o coronel.

— Está escrito nas estrelas. Você não sabe ler o céu, professor?

Eu bem poderia ou deveria entender o comentário de Cecília como uma deixa, e minha fala seguinte seria alguma coisa piegas sobre as estranhas forças que nos unem, talvez até uma frase inteligente citando os pontos luminosos já que ela falou em ler o céu. Mas o personagem em questão é José Brás, o bobo, que preferiu perceber uma misteriosa ironia por trás da frase e achou que aquela era a senha para cair o pano.

Porta da casa da mulata, dois beijinhos, fim da cena.

Entre ir para casa e afundar no sofá com meus jornais ou tentar esquecer, numa mesa do Fausto, mais uma oportunidade perdida, preferi a segunda opção. Escolha infeliz. Já passava das dez e o único sobrevivente de uma tarde-noite de sábado como aquela era o Perna. Os outros já tinham se recolhido. O problema é que o Perna dividia a mesa com Flávio Paulo, meu colega do Centro de Previsão do Tempo.

Minhas relações com Flávio eram amistosas, cordiais, não passavam disso. Aliás, minhas relações humanas não iam nunca além (ou aquém) de amistosas, cordiais. O que, de certa forma, era confortável. Não cultivei paixões ou ódios — e assim pensava estar me defendendo. Nunca entrei numa briga, assim como nunca fui capaz de gestos arrebatados de afeto. Tinha desenvolvido um projeto de passar pela vida sem sobressaltos, fugir de problemas. Tinha orgulho de não ter inimigos — e custei a perceber que, mesmo naquele botequim, não tinha amigos. No máximo, companhias eventuais. O tal projeto me proporcionava um boletim de ocorrências pessoais em branco. O outro lado da moeda era o beijo de amor que não roubei, a briga de amor que não causei. Vida, noves fora, zero.

Mas o problema com Flávio Paulo era outro. Ele era chato. Ou melhor, ele era um dos tipos mais difíceis de conviver em ocasiões sociais. Na galeria dos contadores de histórias, Flávio era um legítimo representante de uma categoria que, à falta de rótulo melhor, eu classifiquei como "monopolizador de atenções individuais". E ele não falhava, sempre defendia com vigor esse estilo.

Como foi naquela noite. Sentei com os dois e, logo em seguida, o Fausto sentou também. Quando o botequim estava vazio, ele dividia a cerveja com os fregueses habituais, que ninguém é de ferro. A conversa mansa girou em torno do calor, dos resultados da rodada, Perna estava cansado para pontificar, Fausto mal-humorado com a casa vazia e as gorjetas escassas. Aí, o Flávio resolveu contar uma história de sua recente viagem de férias.

Por alguma razão que qualquer psicóloga de almanaque deve saber explicar, um tipo como o Flávio Paulo, quando resolve contar uma história num grupo, escolhe um infeliz para ser seu ouvinte exclusivo. Ele começa como quem vai falar para a plateia, mas logo elege um, posiciona o corpo, crava-lhe os olhos e fala por todo o tempo, dirigindo-se ao interlocutor escolhido. Com isso, o restante do público logo abandona a história — e sem culpa, porque alguém está dando atenção a ele.

Não deu outra. Quando vi o Flávio, procurei posição oposta à dele na mesa, pensando em me defender. De nada adiantou: ele me escolheu. Curvou o corpo na minha direção, captou minha atenção à força e pronto. Em pouco tempo, Perna e Fausto, nas outras duas pontas da mesa, já falavam de outro assunto, que me interessava muito mais (é sempre assim com esses monopolizadores), e eu ali, obrigado a acompanhar a longa e desinteressante história (também é sempre assim) das férias do meu colega.

Como vítima contumaz desses tipos, posso garantir: é uma tortura. Eles executam a manobra de tal forma que, depois de cair na armadilha, a gente não consegue fugir, interromper, mudar. Estamos condenados a ir até o fim. Meus pensamentos fugiam para Cecília, para a casa do coronel, o laiá laiá da estrela Dalva martelava na minha cabeça, a conversa dos outros dois era mais atraente, mas eu tinha que me esforçar em ouvir o Flávio, para não parecer mal-educado. Usando uma técnica misteriosa, um tipo como ele parece suplicar atenção. E, quanto mais você se esforça em atendê-lo, mais ele parece grato e, vitorioso, estica ainda mais a história para prolongar seus instantes de glória.

Desvios, digressões, parênteses intermináveis, mais e mais personagens. (Mais ou menos como estou fazendo agora, neste ponto da minha narrativa.) Lá ia o Flávio Paulo grudado em mim e eu me desdobrando para acompanhá-lo, para fazer cara de quem concorda, para evitar expressões de alheamento. Eu estava abduzido. Até que ele decidiu encerrar a história e me devolver ao convívio dos mortais. Alívio.

Não, eu não podia dar a ele uma segunda chance. A noite de Juiz de Fora era quente e úmida. Pegajosa. Paguei duas cervejas, saí correndo para casa e mergulhei na solidão do caderno. O Perna e o Fausto que se virem.

Cecília tocou o interfone de Iolanda mais ou menos na mesma hora em que José Brás pedia a primeira cerveja no Fausto. Era preciso esclarecer as coisas, pedir desculpas por envolver a secretária numa mentira. A futura passista nem chegou a entrar em casa. Deu meia-volta, entrou num táxi e logo estava na sala de Iolanda, dessa vez sem suco de caju. Só um café forte para rebater o churrasco, as cervejas, as caipirinhas, os licores.

— Eu envolvi a senhora numa mentira, quero me desculpar e explicar.

— Senhora não, por favor, somos amigas, não? Não precisa de desculpas nem de explicações, minha querida. Eu sei por que você não queria que o professor descobrisse como nos conhecemos. Tudo bem.

Cecília encontrou uma Iolanda ainda mais tranquila e amável do que na primeira visita.

— Você se aproximou do professor pelo mesmo motivo que me procurou, não é mesmo? Ele não sabia que você me conhece, que já conversamos sobre ele. Se você ou eu contássemos a verdade, ele poderia ficar decepcionado, perder a confiança em você. Melhor aquela história de conhecida antiga, de coincidência. Você é bem esperta, menina.

— Pois é... — Cecília ficou aliviada e surpresa com as obser-vações de Iolanda, que continuou.

— Olha, eu conheço bem o professor, já lhe falei. Quer um conselho? Se você acha que vai conseguir alguma informação im-

83

portante com ele, desista. Ele não sabe sobre o assunto mais do que saiu nos jornais. Ele até conseguiu vantagens com essa história, foi promovido, viajou para a Europa. Mas eu tenho certeza de que ele sabe menos que nós duas.

Cecília sentiu uma ponta de mistério propositalmente colocada nessa última frase. O que Iolanda sabia? O que Iolanda sabia que ela sabia? Resolveu arriscar.

— E o coronel Leão?

A secretária sorriu.

— Eu tinha certeza que a escola de samba era só um pretexto... Engraçado, eu também virei amiga dele pelo mesmo motivo. Você é danada, menina. E pelo que eu vi agora há pouco, no final da festa, você vai conseguir dele tudo o que quer, com certeza. É só seguir em frente.

Cecília sentiu um arrepio, pareceu-lhe, pela primeira vez em onze anos, que estava perto de encontrar respostas. Respirou fundo, sentou na ponta da cadeira, encarou Iolanda.

— Iolanda, somos amigas, você confirmou. Confio em você. Esse assunto é muito importante para mim. Já pensei em desistir... Mas me lembro do Deni. Penso que ele pode estar vivo, em algum lugar. Pode precisar de ajuda. Quem sabe?... Eu gostava... gosto... muito dele, Iolanda, você entende. O tempo vai passando e não é possível que ele tenha desaparecido assim, sem nenhum rasto. Por ele, por essa história, vou aonde for preciso. Me ajuda, Iolanda. Me conta o que você sabe. O que é que eu vou conseguir com o coronel?

— Quem sabe agora onde está o seu noivo, menina?... Para onde vão as pessoas, as coisas que desaparecem? A gente tem que ter fé.

Iolanda tomou um gole largo de café. Baixou os olhos que andaram voando. Olhou Cecília.

— *Você está procurando a organização, não é?*

— *Que organização? Estou procurando notícias do meu noivo, há mais de onze anos.*

Iolanda não esperava aquela resposta de Cecília. Mais um gole, a xícara tremeu ligeiramente.

Ela insistiu:

— *Que organização é essa?*

— *Desculpa. Você sabe menos do que eu pensava. Não posso falar agora. Não tenho autorização.*

Cecília impacientou-se, quase levantou a voz, mas controlou-se a tempo. Precisava de Iolanda.

— *Como assim? O que é que você não pode falar? Por favor. Entenda, eu preciso saber.*

— *Você vai saber de tudo o que eu sei. Na hora certa.*

— *Por que não agora? Você não é minha amiga?*

— *Não vai demorar. Agora não posso.*

Iolanda não cedeu aos apelos de Cecília. Pediu paciência. Prometeu que faria contato com ela.

— *Diga ao menos se ele está vivo.*

— *Quem sabe?...*

Cecília desceu a ladeira da rua de Iolanda, naquela noite de sábado, com o coração rolando na frente. Como suportar aquela ansiedade? Como ter paciência? Pensou em procurar José Brás para dividir com ele aqueles pedaços novos de informação. Chegou a procurar um telefone, mas lembrou-se das palavras de Iolanda sobre ele, promoção, viagem à Europa... Melhor não. Estava só. Foi para casa e deitou-se, de olhos abertos, esperando o domingo.

O mais extraordinário daquela rua de Lisboa era que me lembrava algum pedaço de rua de Juiz de Fora, mas eu não conseguia descobrir qual. Subia e descia, trocava de calçada para chamar a lembrança. Não vinha. Fitava as pessoas, buscava cheiros. Não achava. Aquele pedacinho de Alfama apareceu na minha vida por causa de Juliana, sempre ela, e eu buscava a mim mesmo naquelas idas e vindas portuguesas.

Foi assim. Depois de Zumbi, acabou o Carnaval, veio a realidade. E a realidade no Brasil de 1973 era densa, especialmente para uma garota com a história de Juliana. Ou Estela. A resistência ativa ao governo militar estava sendo dizimada — pela morte, pelo exílio, pelo desencanto. A tal organização que transformou Juliana em Estela desmoronara. O povo não dava nenhum sinal de que desceria da arquibancada para a avenida.

Por um desses mistérios que nem Juliana sabia se atribuía à sorte ou à incompetência das forças da repressão, sua identidade estava preservada, ou seja, ainda não havia sinal de que ela tivesse sido identificada como membro da organização, como participante do sequestro do embaixador. Estela não era ela, era outra.

O sonho se desmanchara, Juliana estava cansada, mas ainda estava "limpa". Assim, foi mais fácil ouvir os conselhos do pai, que sugeriu uma viagem, "uns tempos" na casa da tia que morava em Lisboa. Tia Lili, a mesma dona do rádio em que Juliana ouviu chorando as notícias do golpe de 64, morava lá desde 66.

Caminhamos muito pelas ruas, becos e galerias de Juiz de Fora, decifrando os rumos do Brasil e do mundo, para que Juliana pudesse tomar a decisão. Ficar parecia sem sentido; ir embora parecia renúncia, abandono, traição ao país. E eu sofria, acho que mais do que ela, pois não tinha dúvidas de que o exílio voluntário era a providência mais sensata, mais segura... mas Portugal é tão longe!

Juliana não parecia que estava decidindo sua vida quando discutia o futuro do socialismo, esquadrinhava o cenário estratégico internacional, mencionava avanços e recuos táticos. Naquele tempo não havia projeto pessoal, nós éramos o mundo, com tudo o que de ingênuo e maravilhoso há nesse sentimento poderoso. Eu posava de racional, de pragmático, mas no fundo sabia que só não mergulhava de cabeça no mesmo abismo porque me faltava coragem.

Subir e descer a avenida Rio Branco em madrugadas de névoa. Cantar. Cantar alto, cantar baixinho. "Tô me guardando pra quando o Carnaval chegar" era o código para um recolhimento momentâneo. "Não me importa saber se é terrível demais: quantas guerras terei que vencer por um pouco de paz?", podia ser a resposta de quem não desiste da luta. Só para provocar (e para não abandonar o Chico), eu argumentava que esta terra ainda vai cumprir seu ideal e tornar-se um imenso Portugal — e que Juliana precisava ir até lá para conhecer nosso futuro. E essa brincadeira quase foi suficiente para que ela resolvesse ficar de vez: afinal, lá a ditadura já durava 47 anos. "Porra, Brás, 42 só de Salazar!", gritava ela na esquina da São João.

Acho que ainda estaríamos subindo e descendo a Rio Branco até hoje se não fosse o golpe no Chile e a prisão do Barreto. A morte de Allende e do sonho andino desanimou Juliana. A queda do companheiro de sítio, de Fusca e de utopia ligou o alerta. Ela embarcou para Lisboa em outubro daquele mesmo ano.

E se nessa manhã de abril do ano seguinte eu estava atravessando mais uma vez a pequena rua de Alfama (e me lembrando de Juiz de Fora), é por causa dela. Foi por ela que caiu no meu colo a chance da pós-graduação na Universidade de Lisboa, tenho certeza. Foi por ela que achei ousadia para batalhar a oportunidade. Foi por ela que entrei no avião, trêmulo e esperançoso, numa noite de Carnaval, exatamente um ano depois de Zumbi.

Não tive olhos para a rua na primeira das muitas vezes em que a atravessei. Quando a imaginação trabalha muito, os olhos não veem. E, naquela manhã de fevereiro, eu só tinha olhos de imaginar: para a surpresa que faria a Juliana chegando sem avisar à casa da tia Lili.

Antes de chegar diante da porta do sobrado, ouvi uma canção portuguesa e uns versos que falavam de amigo, fraternidade. Fui me aproximando, identifiquei um som de viola, algumas vozes. Parei para escutar. Não foi difícil achar a voz de Juliana no meio do coro de sotaque lusitano. Difícil, para mim, foi adivinhar no jeito da voz alguma coisa de diferente. De novo. E de bom. Muito bom. Para ela. Tenho certeza que foi assim: senti no canto antes de ver.

> *À sombra duma azinheira*
> *Que já não sabe a idade*
> *Jurei ter por companheira*
> *Grândola a tua vontade*

Resolvi experimentar abrir a porta sem tocar a campainha, nem sei (ou sei) por quê. Estava aberta. Subi as escadas, a canção foi se tornando mais nítida e a nova voz de Juliana muito mais. Antes de alcançar os dois últimos degraus, meus olhos já puderam ver. No centro da roda, ela dançava descalça com um homem mais velho, moreno. Acho que me lembro vagamente de seus cabelos negros girando soltos, de um cravo vermelho no decote do vestido branco e de um sorriso largo emoldurando a música. Até que a canção terminou e eu vi os dois se abraçando e se beijando intensamente. Começava o meu exílio.

Voltei àquela pequena rua do sobrado da tia Lili quase diariamente desde aquele dia em que dei meia-volta, desci as escadas correndo e continuei correndo pela rua; a porta ficou para trás, aberta. Nunca fui tão só como naquelas semanas em Lisboa. Quando voltava à rua de Alfama, mantinha o corpo curvado, a cabeça baixa, tinha medo de que Juliana me visse. E voltava, inexplicavelmente, voltava. Num dia subia, noutro descia; por uma calçada, por outra.

Algumas vezes, ouvi de novo a viola e a cantoria. Outras, uma algaravia de vozes, quentes, sobrepostas, inflamadas. Dias de janelas fechadas, silêncio. Dias de sol, dias de chuva. Noite. De volta ao quarto de hotel, olhos fechados, a rua se confundia com Juiz de Fora. E, daquela casa, a imagem que doía não era tanto a do beijo no desfecho da dança, mas a do sorriso da dançarina, gritando felicidade.

Lisboa fervia. A revolta dos capitães fermentava a transformação que viria. E eu sentia saudades. Saudades de Juliana, tão perto, léguas a nos separar. Saudades de mim, que fiquei na esquina da Rio Branco com São João. Que sentava na frente do Tejo e recitava Fernando Pessoa; ele não é mais belo que o rio da minha aldeia.

O rio Paraibuna é feio e sujo, espremido entre avenidas de Juiz de Fora. Mas eu me lembrava dele com ternura, deitado no quarto do hotel. Já era tarde, o rádio tocava canções portuguesas, que só serviam para tornar o Paraibuna ainda mais rico. Lembrei-me de mim, criança vendo a enchente do rio. Do colo da minha mãe, que atravessava a água na avenida inundada. Ali, em Lisboa, sem Juliana, aprendi que a gente não sente saudade da terra da gente. A gente sente saudade da gente.

Foi quando a rádio soprou uma melodia que eu já tinha ouvido. Era aquela que me apanhou na calçada, debaixo da janela da tia Lili, e que se entranhou em mim quando subi as escadas.

Pensei em desligar, mas a atmosfera foi se transformando — já passava de meia-noite — e comecei a prestar atenção.

Grândola, Vila Morena
Terra da fraternidade
O povo é quem mais ordena
Dentro de ti, ó cidade

Percebi que o vizinho de quarto estava sintonizado na mesma rádio e aumentara o volume. Seria impressão, ou a mesma melodia vinha da rua? Abri a janela e vi um movimento de pessoas. Do alto da rua, um grupo de jovens caminhava, cantando a canção.

Em cada esquina, um amigo
Em cada rosto, igualdade
Grândola, Vila Morena
Terra da Fraternidade

Já era 25 de abril de 1974. A música, que ouvi pela primeira vez na voz de Juliana e seus novos compatriotas, tal como um potente samba-enredo, "puxava" uma revolução. Portugal estava derrubando um governo que tinha começado em 1926, com um golpe militar. E, para mim, espectador da janela do hotel, fazia isso cantando. Cantando a canção que aprendi com Juliana.

Não dormi. Mal amanhecia e as ruas de Lisboa eram uma mistura de soldados, tanques e gentes do povo mudando seu destino. Apesar da apreensão, me vesti e desci para a praça. Foi bonita a festa, pá. Quando vi a primeira baioneta com um cravo vermelho na ponta do cano, lembrei-me da arma do soldado Brás, que também não disparou tiro, do comboio do general Muricy, e senti um misto de vergonha e inveja.

Os cravos vermelhos foram se espalhando. Não era a mesma flor no decote do vestido branco de Juliana que se multiplicava? A música, o cravo, o sorriso. Como é que eu não pude perceber? Ela cantava a primavera, sempre cantou. Eu tive que cruzar o oceano para ver, ainda que à distância.

Andei sem rumo por Lisboa até me ver naquela rua de Alfama. Algumas crianças brincavam na calçada. Um jornaleiro fazia entregas. Um grupo de rapazes comemorava na esquina. Um automóvel passou devagar. A porta do sobrado abriu e despejou na rua um bando de pessoas animadas. Tinham atravessado a madrugada, como eu e milhares de portugueses. Do outro lado da calçada, vi o grupo descendo a rua, vi Juliana abraçada ao mesmo homem moreno. Vi o sorriso. Vi quando ele foi abordado pelos jovens da esquina, que o cumprimentaram efusivamente, festejando e aplaudindo. Abaixei a cabeça e não deixei que meu olhar cruzasse com o de Juliana.

Eles desceram a rua e fiquei só. Procurei a turma da esquina e perguntei quem era aquele homem. Aprendi que o jornalista e poeta moçambicano Leite de Vasconcelos tinha sido o responsável pela deflagração da revolução dos cravos: seu programa na rádio Renascença tocou *Grândola, Vila Morena*, canção proibida, que era a senha para começar a derrubada da ditadura salazarista.

O povo é quem mais ordena
Dentro de ti, ó cidade

Olhei de novo para a rua. Já não parecia Juiz de Fora. Olhei para a esquina. E lá se foi Juliana, seu cravo, sua canção. E seu herói.

Ele tinha coragem.

Domingo

— O amor é uma impossibilidade, professor. Só existe o sexo. E o sexo é uma coisa suja, feita de suores, secreções, odores desagradáveis. Sexo é língua, é gosto amargo. Sexo dói, incomoda, senão não é sexo. Não há trepada impoluta. A verdadeira sacanagem é canalha; e é cruel.

Aquele homem falava muito e, entre as frases, exibia um sorriso pequeno, de dentes estragados. Não era alto e chamava a atenção pela barba e cabelos longos. A camisa aberta exibia o peito grisalho. O chinelo mostrava as unhas sujas. E sua fala metralhava ideias e convicções, alternando tons altos e baixos, e só interrompendo para algumas largas talagadas da cachaça, que descia movimentando os músculos do pescoço.

— Amor só o de mãe para filho e o de filho para mãe. Mesmo porque um é pedaço do outro, o filho bebe os líquidos que estão dentro da mãe. É muito diferente de chupar uma boceta molhada. Amor de homem e mulher não passa de um acordo ocasional, em que os dois querem conseguir vantagens pessoais. O homem quer alguém para cuidar dele (que a mãe já era) e um mamilo para morder na hora do tesão. A mulher precisa de um pau, para fazer filho nela, tomar conta da firma e, em alguns casos, para poder gozar e sentir-se poderosa. Para isso e por isso, os dois se vendem, entregam um bom pedaço das suas vidas, e também vendem ilusões ao outro. Todo amor é mentiroso. Todo amor é corrupto.

Delfino — era esse o nome dele — apareceu na feira. Nas manhãs de domingo, eu costumava ir à feira livre da avenida Brasil. Comprava uma fruta aqui, uma verdura lá, mas era mais passeio que compras. Gostava de misturar-me às pessoas, sentir os cheiros, ouvir os bordões. Por volta de meio-dia, encostava numa barraca e tomava umas cervejas para chamar o almoço. Foi num balcão de madeira desses que encontrei o homem. Ele já estava lá quando cheguei. Olhou para mim, para minhas sacolas de compra, para minha cerveja, e disparou a pergunta, com tom de provocação.

— Você é feliz? Assim, numa escala de zero a dez, qual é o seu grau de felicidade? Não vale roubar.

Puta que o pariu. Logo na manhã de domingo? Depois de um sábado de churrasco, pagode, botequim e Lisboa, encarar uma questão como essa! Fui gentil e respondi.

— Sei lá. Acho que é seis.

— Seis! Que espetáculo! Como é que você consegue? Numa merda dum domingo, carregando estas sacolas debaixo deste sol quente! Você precisa me ensinar. Eu não passo de dois. Depois de umas pingas, com muito esforço, posso chegar a três.

Aceitei o jogo.

— Certo. Eu estava roubando. Ontem eu cheguei perto de cinco. Mas a média não passa de quatro.

— O que aconteceu ontem? Aposto que foi mulher.

Pronto. O sensor de felicidade daquele sujeito já tinha me envolvido. Confirmei a aposta, me lembrando de Cecília quando fui levá-la em casa.

— Comeu?

— Não. Eu...

— Mas morre de tesão e acha que tem alguma chance.

— Bem...

— Mulher só traz felicidade por causa da trepada. Principalmente por causa da perspectiva da trepada. O único momento razoável na vida de um homem é aquele que antecede o sexo, quando ele tem certeza que vai acontecer. Isso se o cara não ficar apavorado, morrendo de medo, o que é mais comum, e aí estraga o seu momento.

— Então durante e depois não vale a pena?

— Vale. Sempre vale a pena, mesmo porque a gente não tem nada melhor para fazer. Ou você prefere torcer para o Botafogo? Só que durante dá trabalho e é feio. E depois você vai se arrepender, mais cedo ou mais tarde, seja qual for a mulher.

Foi só depois dessa primeira lição que nos apresentamos. Ele me disse que se chamava Delfino e brincou com a minha profissão.

— Eu também faço as minhas previsões, professor. Tenho que honrar o nome. De Delfos, o oráculo. Agora, por exemplo, acabo de adivinhar o seu time. E posso prever que o professor vai me pagar uma branquinha.

Estava certo o oráculo. Duplamente. Não ia custar caro matar a serpente e ouvir a palavra de Zeus. Pedi mais uma dose para ele.

— Não quero estragar seu domingo, professor. Posso até adivinhar que você vai comer essa morena, não é difícil, é só pedir. Mas não se iluda. Isso vai significar muito pouco na sua vida, além dessa expectativa. Primeira opção: ela vai só brincar um pouquinho e depois vai embora. Segunda, que é bem pior, vai querer ficar. De qualquer forma, no final das contas, é muito mais tristeza que felicidade.

Oráculo danado. Mas essa cerveja e esse sol me deixaram comovido como o diabo. Retruquei.

— Posso me apaixonar.

— Nesse caso, só há uma vantagem. O prazer de chorar de verdade ouvindo uma canção depois que a paixão acabar. É só para isso que serve a paixão. Para legitimar o sofrimento. Pode ser bolero, tango, samba-canção, até rock, se for o caso. O poeta só é grande se for triste. Precisamos aprender com os portugueses. Eles se apaixonam por aquelas mulheres de buço e cabelo embaixo do braço. E depois cantam fados. Um fado é uma saudade do que nunca existiu. Como a paixão quando acaba.

Delfino falou de Portugal e meu coração tocou um fado. Primeiro, por Juliana que havia deixado a minha vida, mais uma vez, na história do caderno. Depois, por mim mesmo, que sempre lembrei, com melancolia e culpa, minha verdadeira passagem por Lisboa. O oráculo não ouviu o meu coração e seguiu em frente.

— Sofra, professor. Sofra, mas não por amor, que isso não existe a não ser nos livros. Sofra porque a felicidade é uma utopia. Porque não há saída na lucidez. Depois que essa moça que você ainda nem beijou o abandonar ou resolver ficar, não chore por ela. Chore por você. Estamos irremediavelmente sozinhos. Só há uma prestação de contas da qual não podemos escapar (mentir pode até adiar a sentença, mas não vai resolver): aquela da gente com a gente mesmo. Quem nunca foi covarde, egoísta, corrompido ou corruptor, invejoso, traidor, em algum momento da vida? Então, só há uma coisa a fazer: tocar um tango argentino. Como isso é impossível nesta barraca de feira, neste momento, minha sugestão é pedir mais uma pinga.

Acompanhei Delfino na nova dose. Ao nosso lado, o movimento de desfazer a feira já estava adiantado. Barracas eram desmontadas. Carros velhos encostavam para recolher as mercadorias encalhadas. Catadores de papel recolhiam lixo. Crianças catavam sobras. Há instantes, tinha vida e calor a nosso redor; agora, a cena se desmanchava feito bolha de sabão. Mais ingredientes para a receita de Delfino.

— Veja a feira se dissolvendo, professor. O que houve aqui foi só carnes, corpos, suor, cheiro, atmosfera. Nada além disso, tanto que se desfaz num minuto. É só isso o que acontece entre as pessoas; é só o que está acontecendo com a sua morena. Um evento. Uma febre, que dá e passa.

O oráculo era implacável. Por isso (ou apesar disso), simpatizei com ele. Já estava pensando em dar um jeito de reencontrá-lo quando ele resolveu a questão.

— Vá, professor. Não desperdice o domingo, que domingo já é foda, desperdiçado então... Vá atrás da moça, mas sem ilusão. Crava a bandeira nesse território. Mas não deixa de me contar depois, senão não tem graça.

Delfino pediu uma caneta, anotou seu telefone num guardanapo e me entregou. Me deu um abraço e misturou-se aos restos da feira. Já de longe, virou-se e mandou uma última recomendação, devidamente ilustrada.

— Use a língua, professor.

Cecília saiu da cama decidida a usar o que fosse preciso para soltar a língua do coronel. Não dava para esperar Iolanda, mal tinha conseguido dormir depois daquela conversa. Decidiu procurar o militar reformado naquele domingo mesmo. Mas ainda estava cedo. Tomou um banho vagaroso para despertar o corpo. Arrumou a mesa do café da manhã para a mãe e os três irmãos, todos homens, todos mais novos que ela, ferveu o leite, deu comida para o cachorro. Em cada um desses movimentos cotidianos, Cecília era acompanhada pelas palavras de Iolanda: "Você vai conseguir dele tudo o quer"; "você sabe menos do que eu pensava"; "você está procurando a organização?"

Apesar de devorada pela curiosidade, ela teve tranquilidade para repassar o discurso que tinha elaborado na madrugada e paciência para esperar. Esperar dar onze horas e ligar para a casa do coronel Leão, para não incomodá-lo. Ele tinha jeito de quem acordava cedo, mas ela não podia arriscar um mau humor matinal. Só que o coronel, hábitos de quartel, saía da cama às oito no domingo, e uma voz cansada de mulher (seria a da bunda grande?) informou que ele estava na quadra.

Assim, no mesmo instante em que José Brás ouvia Delfino decifrar a verdadeira natureza das relações humanas na feira da avenida Brasil, a poucos metros dali, do outro lado do rio Paraibuna, Cecília adentrava a sede da escola de samba Turunas do Riachuelo. Entre cervejas e pingas, o meteorologista desenvolvia com o filósofo de balcão seu tesão (ou sua paixão?) pela mulata. Sem saber que ali em frente pelo menos outros trinta homens estavam, naquele momento, pondo os olhos nela e pensando coisas muito parecidas.

Os soldados do coronel Leão trabalhavam nas alegorias e adereços da escola. Carpinteiros, serralheiros, mecânicos, pintores, escultores de isopor e gesso formavam a tropa. A ordem-unida do comandante não impediu que todos interrompessem suas tarefas para acompanhar a chegada de Cecília. Sem dúvida, um acontecimento para aquela manhã suarenta de domingo, debaixo de sol e telhas de amianto.

Cecília tinha caprichado para aquele encontro decisivo com o coronel. Escolheu um figurino já testado, campeão de elogios masculinos e invejas femininas. O vestido de tecido muito leve, estampa de flores sobre fundo claro, ciente de seu papel de coadjuvante daquele espetáculo, movimentava-se com carinho sobre as pernas morenas, os seios empinados, a bunda exata. A sandália de salto colocava Cecília acima do bem e do mal. Mas o conjunto não era vulgar; ela levou para a quadra a sensualidade perfeita para enlouquecer os soldados e a elegância certa para ser admirada pelo coronel. Afinal, os olhos dele para ela eram diferentes dos de seus subordinados: interesses distintos, divergentes até.

Cecília recebeu saudação à altura de sua entrada triunfal:

— God save the Queen! — gritou o coronel de cima do queijo mais alto, do maior carro alegórico.

A rainha respondeu abrindo os braços, cruzando e arqueando levemente as pernas, curvando o tronco, inaugurando um sorriso, o primeiro daquele domingo.

— Que surpresa! — Quanta honra!

O coronel descia do pedestal e despejava exclamações, bem ao seu estilo.

— A nossa rainha vem ao encontro dos operários do samba!

Cecília agradeceu as gentilezas e resolveu ser direta.

— Coronel, preciso conversar com o senhor. Por isso vim até aqui. É assunto importante, muito importante para mim.

— É claro, querida, estou à sua disposição. A Turunas está a seu inteiro dispor. Mas antes deixa eu lhe mostrar as belezas que estamos preparando para o desfile.

Paciência. Não foi o que disse Iolanda? Cecília teve que ter paciência para acompanhar uma descrição minuciosa de cada um dos seis carros alegóricos que a escola estava construindo. O enredo, "Eram os deuses astronautas?", defendia a tese de que a nossa civilização foi erguida por alienígenas. Mal sabia Cecília que aquilo era muito mais que um divertido delírio carnavalesco.

A sala do coronel Leão, ou do diretor de Carnaval, ficava bem atrás do chassi da alegoria "As sete maravilhas do mundo". Foi para lá que ele levou Cecília, depois de mostrar com entusiasmo a "Arca de Noé". Era uma pequena salinha, com ar-condicionado, uma mesa de trabalho e uma de reunião, algumas cadeiras, uma estante com troféus e um cofre antigo. O coronel sentou-se à mesa de trabalho, Cecília à sua frente, ele era a autoridade naquele barracão.

Ela nem esperou a deixa e desenvolveu o script ensaiado na madrugada.

— Foi o destino que pôs o senhor na minha vida e eu preciso da sua ajuda, coronel. O senhor tem sido tão gentil, tão elegante comigo. Fico até pensando que eu não vou ser capaz de retribuir.

— O que é isso, princesa! Se você fizer na avenida metade do que fez na quadra anteontem, quem vai ficar devedor sou eu.

— Coronel, a gente mal se conhece e eu acho que posso dizer que sou sua amiga. É só por isso que juntei coragem para vir aqui hoje. Existe um drama na minha vida; uma história triste que me acompanha há anos. Iolanda sabe e ela acha que o senhor pode me ajudar.

O coronel já conhecia a história que Cecília passou a contar, mas fingiu surpresa. Deixou que ela desfiasse os pormenores, carregasse no drama, desnudasse sua angústia, tal como tinha preparado — e com alguma dose de improviso, fruto da inspiração do momento e da percepção da reação curiosa do seu ouvinte. Ao final do relato, Cecília esticou os braços sobre a mesa e tocou a mão do coronel.

— O senhor foi do Exército naquele tempo, talvez até tenha conhecido o Denílson. O que foi que aconteceu? Como o senhor pode me ajudar?

Ele aceitou o gesto de Cecília e apertou a mão da moça. Deu um suspiro teatral e falou de forma ainda mais afetada que o usual.

— Sua história é comovente. Você é mais que rainha; é uma santa. Foi o destino, foram os deuses, que colocaram você aqui. Talvez eu não seja capaz de trazer toda a luz que você precisa, que você persegue com tanta garra. Mas posso ajudar a iluminar seu caminho. O seu sofrimento vai levar você até o conhecimento, até a revelação.

Fez uma pausa longa, Cecília não se conteve.

— Como? Que revelação?

— *Você vai conhecer uma história, minha santa, uma história muito especial. Por enquanto, são poucas as pessoas que chegaram até ela. Em breve, você será uma delas.*

— *Por favor...* — *Cecília, aflita.*

— *Não pode ser hoje, não pode ser aqui.*

O coronel levantou-se, pegou sua varinha e tocou o ombro dela, com um movimento leve.

— *Na minha casa, na terça-feira, às oito em ponto.*

Deu a volta por trás de Cecília, como se estivesse num palco. Já com a porta aberta, virou-se apenas para dizer:

— *Traga o professor.*

E saiu da sala, dando ordens para o garoto que borrifava purpurina no cajado de Noé.

A bola veio quicando, mansa, na minha direção. O garoto errou o chute e a esfera de couro cromado, gomos brancos e pretos, saiu pela linha lateral do campo da Leopoldina. Pensei em matar, fazer umas embaixadas (a gente falava tatiquinhas, na época) e devolver para as quatro linhas. Só que tinha as cervejas, as pingas, a conversa do homenzinho barbudo alterando meu equilíbrio. Para não dar vexame, bati de primeira. Ela voou redonda para as mãos do garoto de uniforme alvinegro, que agradeceu.

A feira tinha ficado para trás e eu seguia com passos decididos, embora um tanto trôpegos, pronto a cumprir as ordens do oráculo e procurar a mulata. Mas a bola rolava na Leopoldina e eu simpatizei com o garoto. Ou com sua camisa preta e branca. Resolvi parar na beira do campo e acompanhar o racha. Ou melhor, a partida decisiva do festival de domingo, jogo parelho, que (me contou o bandeirinha) estava um a um.

Apesar da minha profissão, ou por causa dela, sempre me interessei muito mais pelas coisas da terra que pelos mistérios do céu. As cidades, por exemplo. A um olhar estrangeiro, talvez não se apresente paisagem mais besta do que o percurso entre a feira da avenida Brasil e o parque Halfeld.

Senão vejamos.

Atravessar a pequena ponte de pedestres sobre o rio poluído. Cruzar a avenida de asfalto, sem personalidade. Olhar em frente e ver a nuvem de poeira que o futebol levanta. Passar pelo pipoqueiro e cruzar a linha do trem. Trilho, dormente e brita. Subir a rua de São Sebastião. Botequins escuros, apesar do sol da tarde, e homens esperando o domingo acabar. As pequenas lojas de malha fechadas. Levantar os olhos e ver o morro do Cristo, mais alto que os prédios. O vendedor de laranjas e sua máquina de descascar na Getúlio Vargas. Vamos pela Rio Branco ou pela Santo Antônio?

O olhar estrangeiro que se foda, não há trajeto mais lindo que este. Quando passo por ele, já nem sei onde começa a cidade, onde termino eu. Estas ruas, estas casas, estas lojas, choram e riem comigo; sofrem ou amam. Há muito tempo. E por isso eu adoro aquele poste horroroso, de cinza e concreto, na esquina da rua Marechal. Quem vai entender essa adoração? Quem vai entender que, em Paris, eu me lembrei de um pedaço de muro da rua Benjamin Constant e senti saudade?

Naquela tarde, parei à beira do campo da Leopoldina para ver o time alvinegro do garoto e para adiar. Adiar o meu caminho sentimental e adiar a inevitável procura de Cecília, determinada por Delfos. Atrasar o relógio, a vida, é a primeira providência de quem tem medo. Para enganar o tempo, resolvi apostar comigo. Se o preto e branco ganhasse, eu iria cumprir a predição do oráculo barbudo. Se perdesse, melhor nem tentar e encerrar o domingo. Por enquanto, um a um, garante o bandeirinha.

O meu garoto alvinegro cabeceou raspando a trave e eu ouvi, atrás de mim, uma voz de mulher:

— Puta que o pariu!

Era o que eu pensava, mas ela não se referia ao lance. Cecília saíra transtornada da sede da Turunas e não esperava me encontrar logo ali, tão perto, tão disponível. O coronel tinha acabado de convidar a nós dois para uma terça-feira reveladora. E, apesar das dúvidas sobre mim, ela precisava de alguém para relatar os acontecimentos, para aliviar seu tormento. Eu estava lá, do lado da quadra (e falava sobre ela minutos atrás, mas isso ela não precisa saber).

— Puta que o pariu! Você aqui!

Às vezes é assim, a sorte (ou o azar) apronta com a gente. E não há expressão melhor que essa.

Recebi a sorte (ou o azar) com surpresa equivalente e dois beijinhos. Justificativas superficiais e autênticas (a feira, a escola de samba), mas uma enorme vontade de falar logo o que importa marcaram esse início de encontro. Eu tinha acabado de receber as ordens daquele estranho barbudo para atacá-la, Cecília tinha a expectativa de solucionar seu mistério e a missão de me envolver.

Resolvemos caminhar juntos no rumo óbvio do nosso destino — geográfico e pessoal. Contornamos o campo (o jogo seguia e eu olhava para trás) e cruzamos os trilhos. O convite do coronel, que me incluía, foi mais forte que as dúvidas da moça sobre mim. Enquanto as ruas, as pessoas, os carros passavam, o futebol ficava para trás, ela não hesitou em despejar um detalhado relatório das conversas com Iolanda e Leão. Percebi uma mistura de aflição e entusiasmo no seu relato, mas confesso que pensava muito mais nas palavras de Delfino ("não desperdice o domingo").

Chegamos ao parque Halfeld. Propus um sorvete e um banco de madeira. Cecília aceitou e escolheu baunilha. A vida é uma sucessão de escolhas. Às vezes, a gente acerta. Na maior parte, erra. Quanto estará o jogo no campo da Leopoldina? Escolhi chocolate e aceitar a sugestão dela:

— Vamos chegar separados na terça-feira.

Continuei calado, pensando em Delfino, no coronel Leão. Estava um tanto zonzo de feira e de história. Ainda tive forças para sugerir cautela.

— Não se entusiasme. A tal revelação pode ser um blefe.

Então Cecília tocou a ferida. Lembrou que ouviu minha história naquele dia do curso. Depois perguntou por que eu tinha abandonado a investigação. Respondi que fora uma decisão da universidade, eu só obedeci. Chegou ao ponto:

— O que essa história de pontos luminosos significou para você? Desculpe, Brás, mas ouvi que você teve... benefícios, sei lá... vantagens nessa época.

A história da vida da gente tem registros sólidos, que não se apagam. Como uma cidade, que ergue seus marcos, oficiais e não oficiais. Você pode olhar, admirar ou desprezar esses marcos. Ou tentar ignorá-los. Não adianta. Um dia, mais cedo ou mais tarde, eles vão cobrar seu preço, vão se erguer no meio do caminho. Suspeito que respondi mais a mim mesmo do que a Cecília naquele momento.

Uma reunião, no gabinete do reitor, com autoridades militares, decretou nosso afastamento da investigação. As ordens superiores eram mais decisivas do que a curiosidade científica. A minha covardia ajudou a decisão, mas não matou o interesse, especialmente pelo depoimento do caseiro. Chegamos a discutir, internamente, a possibilidade de prosseguir numa pesquisa paralela. As decisões são lentas na academia, ordens militares eram poderosas naquele tempo. Poucos dias depois, surgiu a notícia da chance de um curso de mestrado em Portugal. Candidatei-me ao posto, apesar de novato. Quando fui escolhido, ouvi, nas entrelinhas da conversa, elogios do diretor à minha postura profissional no recente trabalho no morro do Matumbi. E, é claro, enfrentei os ciúmes dos colegas.

A relação de causa e efeito entre o fim da participação da universidade na investigação e o meu mestrado em Lisboa nunca foi explicitada. O episódio gerou comentários subterrâneos e um ou dois desafetos. Mas nunca saiu do terreno do burburinho interno numa pequena repartição pública. A mim, de quem só foi exigido um trabalho a menos e oferecida uma pós-graduação na Europa, sempre foi conveniente acreditar na sorte. Mas sempre ficou a culpa do pesquisador que não seguiu em frente e uma certa vergonha do profissional que recebeu o que pode ter sido um cala-boca.

Foi o que contei a Cecília naquele banco de praça. Ela ouviu em silêncio, não fez comentários. Tive certeza que não era dos melhores o juízo que ela fazia de mim. Afinal, além de revelar a covardia, a saída do caso poderia significar até uma cumplicidade por omissão nos desaparecimentos do caseiro e de Denílson, causados sabe-se lá por quê. Cecília nada falou depois de mim — e isso foi o que de pior poderia acontecer. Terminou o sorvete e soltou, como um desabafo:

— Quem sabe, na terça-feira, a gente encerra essa história.

O meu medidor de felicidade, aquele provocado pelo barbudo, estava na lona. Entendi que aquela frase se referia muito mais à "nossa" história do que ao caso investigado. Levei a moça até o ponto de ônibus, constrangido, como quem quer se desfazer de um incômodo. Acompanhei Cecília subindo no carro e sumindo na avenida rumo à zona norte. Domingo desperdiçado é foda. Aquele em que você visita seus fantasmas, reencontra feridas antigas que nunca se fecharam, entrega sua mediocridade à mulher que deseja... um domingo assim, então, puta que o pariu!

No campo da Leopoldina, o time do garoto de uniforme alvinegro devia estar perdendo por uns quatro a um, por baixo. A cidade estava feia e triste no fim de tarde.

Ah! Naquele dia, domingo de verão em Juiz de Fora, não teve caderno, não teve Juliana. Precisa explicar?

Segunda

Para mim, sobreviver às segundas-feiras era a garantia de superar todo o resto da semana. Conseguir ultrapassar esse dia: tarefa árdua. Os cheiros domingueiros ainda boiam na casa e na gente quando chega a manhã de segunda.

Antes, eu tentava pequenos truques para escalar esse dia mais facilmente. Uma voz matinal doce no rádio de pilha. Um café da manhã caprichado. Um chuveiro prolongado. O primeiro jornal. Uma agenda de trabalho leve. Um almoço pretensamente saudável. Uma volta de carro mais longa e vagarosa por ruas do meu afeto. Uma passada no Fausto à tardinha. Pouco adiantava. Segunda sempre tinha gosto de fim de festa porque trazia à tona uma vida medíocre que reiniciava depois desse breve intervalo de ilusão chamado fim de semana.

Aquele que tinha terminado, então, era prenúncio claro de uma manhã de segunda-feira dolorosa. Tinham sido horas intensas de convívio com minhas dores. Retomar uma rotina burocrática depois da descida ao inferno é missão para super-herói. Eu sempre me espantei com aquelas pessoas que garantiam que cumprir deveres profissionais, realizar tarefas repetitivas é uma boa maneira de esquecer os problemas. Esquecer? Como? Encarar o trabalho numa manhã de segunda como essa é confirmar, aprofundar, radicalizar, eternizar os problemas. E, ainda por cima, uma frente fria anunciava chuva.

Resolvi tomar uma medida drástica, última tábua de salvação. Liguei para a repartição e inventei uma desculpa qualquer para dona Iolanda, alguma coisa relacionada à saúde, que sempre cai bem. Fui seco e impessoal para não esticar a mentira — e também porque estava puto com ela, que certamente era a fonte de Cecília sobre o meu passado. Tomei um banho, enfiei uma roupa velha e confortável. Mantive as janelas fechadas, escondendo a cidade. Fiz um misto-quente e comi com Coca-Cola gelada. Depois, sentei no sofá. Abri um uísque e o caderno, afinal ainda tinha um Plano, uma história para contar. Que venha a segunda-feira!

Juliana desbundou. Era assim que se falava naquele tempo. Juliana desbundou, o que, para alguns, era sinal de falta de juízo, de renúncia à realidade, de derrota pessoal. Juliana desbundou, e esta era uma grande viagem, um enorme barato, o caminho para encontrar a essência da vida, para outros. Ela não se preocupava nem com alguns nem com outros. Juliana desbundou. Porque quis. Porque achou que era o mais certo a fazer. E só.

Imagine Juliana nua, numa cama de casal de uma casa rústica no meio da serra, em Visconde de Mauá. Juliana concentrada em preparar o baseado, desberlotando a erva da boa, fornecimento local de alta confiança. Juliana cortando a seda no tamanho adequado para um charro *king size*, depois espalhando o fumo, enrolando cuidadosamente. Juliana acendendo o fogo, recostando nos travesseiros, depois aspirando, prendendo e soltando vagarosamente a fumaça. Imagine a cena e abra seu coração para ouvir sua história — se você conseguir deixar de prestar atenção nos seios firmes, nos mamilos rosa, delicados, a apontar para cima do armário, na penugem leve, abaixo do umbigo, que deságua naquele oceano de prazeres, na coxa morena e dura, músculos revelados ao menor movimento. Se você conseguir tirar o olho e o pensamento da batata da perna de Juliana (ah! a batata da perna de Juliana), ouça sua história.

A realidade sempre se apresenta muito aquém dos nossos desejos; escapemos da realidade, então. A frase pode explicar tudo o que se passou com Juliana nos últimos tempos. (Aliás, a frase pode explicar tudo, inclusive este livro.) Juliana desejava justiça, amor, liberdade, igualdade e outras utopias, mas seu país a expulsara, seu cravo português murchara. Foram decepcionantes os rumos da Revolução. Até seu poeta revolucionário bateu asas e voou.

Juliana escapou de Lisboa para Paris e começou a descobrir uma estrada nova. Uma estrada que prometia levá-la ao seu melhor destino: ela mesma. Foi para a França rever amigos, gente que tinha conhecido nos meses que passou lá, em 1968. Brasileiros, marroquinos, indianos e até franceses, que compartilharam com ela aqueles dias de juventude e desejo. Mas o tempo passou, a realidade se apresentou. Inevitável, a turma tinha ficado mais velha.

Eu olhava Juliana e pensava que isso de ficar mais velha parecia ser só charme. Ninguém percebe, de verdade, a passagem do tempo com menos de quarenta anos. Fazia poucas horas este nosso reencontro. Quase três anos depois de Alfama, a mulher que revi, tanto no primeiro impacto quanto nos mais escondidos detalhes depois, me pareceu ainda mais bonita. E, descobri logo, era uma mulher diferente.

O baseado apagou, Juliana acendeu de novo a bagana, segurando nas pontas dos dedos, com habilidade. E prosseguiu seu relato. Ou melhor, não contou nenhuma história, só riu daquele jeito que sempre iluminou meu caminho. Ela cantou com voz mansa e dentes brancos brilhando: "Por que vocês não sabem do lixo ocidental?"

The dream is over. Acabou o baseado. Juliana levantou-se da cama e deu *play* na fita cassete para ouvir, de novo, Janis Joplin sussurrando *Summertime.* A passagem do seu corpo maduro diante de mim e aquela música que me soou um tanto antiga (Janis ou Gershwin?) lembraram que estávamos com 32 anos naquela tarde de começo de outono de 1977. O fato é que "nada será como antes".

Como é que eu fui parar lá? Ela me chamou. É isso mesmo, chegou a hora de o protagonista ter algum mérito nesta história. Juliana me achou (não era difícil) e me convidou a visitá-la. Subi a serra correndo. A outra Juliana que me recebeu não tinha interesse em falar de política. Mostrou a horta, o cenário que envolvia sua casa, e falou da natureza. Não me perguntou nada e eu também nada perguntei: deixei que se revelasse naturalmente. Ofereceu maconha e beijo na boca, nessa ordem, que depois se inverteu, dias de revezamento.

Juliana nunca esteve tão triste e tão gostosa como naquela temporada. O que fazer diante de uma mulher que caminha sem roupa no gramado de casa, enquanto chora ouvindo Jethro Tull e Elis no seu toca-discos, caixa de som na janela? Discutimos Reich, tomamos LSD, ouvimos *Clube da Esquina 1* em silêncio litúrgico, lemos coisas sobre o Oriente, falamos de Henry Miller. Juliana tinha descoberto Anaïs Nin, estava encantada com a ideia de experimentar a vida, por todos os seus lados, para transformar em arte, em pensamento.

De manhã, ela acordava cedo e ia cuidar da horta. Eu dormia até mais tarde, levantava e saía para comprar jornal. De volta, Juliana me oferecia mel e não se interessava pelas notícias. Golpe na Argentina, Idi Amin é o presidente vitalício de Uganda, Geisel fecha o Congresso. Eu lia. E ficava calado, porque Juliana me convidava para uma cachoeira e um ritual na casa do vizinho, que incluía haxixe.

Nunca contei a Juliana de minha passagem por Lisboa e ela nunca me falou de seu poeta, radialista revolucionário. Fora um desencontro, pronto. Um desencontro de almas, pessoas erradas na hora e no lugar errados. Mas, curioso, fui provocando Juliana sutilmente a me revelar a razão de seu desencanto com os caminhos da política. Afinal, quando a vi pela última vez, ela comemorava o sucesso de uma revolução, a derrubada de décadas de ditadura.

Além de linda, Juliana era muito inteligente. Sabia que não havia respostas para a minha curiosidade. Ou melhor, sabia que eram insuficientes as respostas dos analistas da esquerda e também a dos pregadores do novo individualismo. É claro que seria mais cômodo jogar o problema para a trama hegemônica das elites. Ou seria mais óbvio explicar que o homem deve mudar a si mesmo antes de querer mudar o mundo. Só que Juliana não era comodista nem óbvia.

Tinha — e não tinha — amargura na sua revisão do passado militante. Tinha — e não tinha — esperança na sua nova viagem experimental. Dependia do assunto, da hora, da música que estava tocando. Juliana punha Chico para rodar e então, meus caros amigos, desandava a lamentar a dor do exílio. Mais tarde, ligava Sá, Rodrix e Guarabira e só queria carneiros e cabras pastando solenes no seu jardim.

Muitos anos depois, eu percebi que Juliana me ensinava que a vida é assim, amargura e esperança toda hora, ao mesmo tempo. A dosagem está dentro e não fora de nós. Fume maconha, ouça um *blues* e tenha sonhos. Tome um ácido, toque um samba e se desespere. Ou ao contrário.

Fomos um dia para Maromba. Tinha lá uma cachoeira que chamavam de Escorrega. A água fria deslizava sobre as pedras, com força. A brincadeira era sentar no alto e deixar o corpo descer sobre a mistura de água, pedra e limo e cair na piscina natural que se formava embaixo.

Chegamos com um grupo de amigos. Subimos pela trilha até o início do escorregador, um ponto mais plano da escada de pedras, de onde partia o mergulho. Fumamos um e observamos um grupo de garotos se divertindo com a brincadeira. Vamos descer? A proposta partiu de Juliana. Confesso o medo: a descida era íngreme, a água fria, o corpo escorregava veloz. Os garotos faziam como se fosse a coisa mais simples do mundo; uns até desciam de pé, como se estivessem surfando, outros de jacaré, com o peito sobre a pedra. Mas eu olhava lá para baixo e me assustava.

Ela foi a primeira da nossa turma, é claro. Entregou-me a camiseta e a bolsa e encarou o "Escorrega" de biquíni. Estúpido, como são os homens, principalmente diante das mulheres, senti minha masculinidade desafiada e não quis parecer frouxo. Aos 32 anos, besta como aos 18. Deixei as coisas de Juliana com um da turma, entreguei também meus óculos, posicionei-me no início do escorregador e mandei ver.

Habilidade para aventuras atléticas nunca foi meu forte. Em vez de usar as mãos para controlar a descida, cruzei os braços. A velocidade aumentou e, pior, não consegui manter-me sentado. Escorreguei deitado, à deriva. Na hora do mergulho final, o corpo projetou-se em direção à piscina, mas, antes de afundar, a nuca bateu num resto de pedra, último degrau do "Escorrega". Doeu. Submergi com a cabeça latejando, o corpo gelado e sem encontrar o fundo. Em um segundo, tive medo de que a pancada me tirasse os sentidos. Agitei braços e pernas para subir à tona e para me certificar de que estava lúcido.

Prazer e dor, sentimentos irmãos. Aquela descida combinou uma nunca repetida certeza de liberdade com o pânico de quem não tem controle sobre si. O mergulho final misturou alívio e sofrimento. Os segundos debaixo d'água embolaram a superação do desafio (sou macho, viu?) e o fracasso da cabeçada final. Quem é o homem que sai da água: o corajoso ou o desastrado? Esperança e amargura...

A primeira alegria ao deixar a piscina foi passar a mão na nuca e verificar que não tinha sangue. A segunda foi ser recebido por Juliana com um abraço apertado, corpos molhados comemorando. Fiquei com tesão. E com uma enorme dor de cabeça.

No dia seguinte, fui embora, porque tinha que trabalhar. Deixei Juliana, a serra, os discos, os baseados, os mergulhos. Com amargura e esperança. Com prazer e dor. Com tesão. E com dor de cabeça.

No Café, depois do curso, na noite de segunda-feira.

— O que houve com você?

— Nada. Por quê?

— Você está diferente. Você estava muito engraçado, Brás.

— Eu? Fiz alguma coisa errada?

— Não, não é isso. Eu adorei. Principalmente na hora do Coelho Branco.

— Puxa! Puxa! Eu devo estar muito atrasado!

— E rodando em volta das cadeiras. O que é que deu em você?

Ele poderia falar de uma tarde de segunda-feira com uísque. Ou revelar o caderno, maconha, cachoeira e Juliana. Teria sido mais honesto.

— *Ontem eu cheguei ao fundo do poço. Hoje eu tinha que fazer alguma coisa. Qualquer coisa. Como imitar o Coelho da Alice. É tarde! É tarde!*

— *Ontem? O que houve? Fundo do poço?*

— *Você sabe.*

— *Não é a nossa conversa no parque; é?*

— *...*

— *O que é isso, meu amigo?! O que eu ouvi ontem foi o mais bonito que alguém pode ouvir. Um homem confessando sua fraqueza. Com sinceridade. Sem querer bancar o falso valente. Admirei sua coragem.*

O biscoito na mesa parecia dizer "COMA-ME". José Brás comeu e começou a crescer, a aumentar de tamanho. Cecília continuou.

— *Você podia inventar uma desculpa qualquer. Mentir, como preferem os homens. Escolheu a verdade. Isso é o contrário do fundo do poço.*

A cabeça dele bateu no teto.

— *Mas...*

— *Quando você contou sua história, só confirmou como eu estava certa na minha admiração. Você é especial.*

Cecília tocou levemente no braço de José Brás. Nervoso, ele comeu mais um biscoito. Era agora o Super-Brás, dez metros de altura, o café acanhado não comportava tamanho crescimento. Ele tinha contado um pedaço de história (de uma "sua" história), Cecília tinha ouvido e gostado. E era ela: a mulata mais gostosa da Turunas do Riachuelo. Brás nem se deu conta de que tinha conseguido a proeza usando a língua, como ensinou Delfino, o barbudo. Não no sentido libidinoso lançado naquele fim de feira, mas, de qualquer forma, usando a língua.

Próximo lance do jogo? Mais do que nunca, ele precisava usar a língua com talento. O toque suave no seu antebraço e os elogios inesperados provocaram arrepios. E agora? Ousar uma declaração, um convite? Fingir modéstia? Era preciso decidir rápido. As palavras não vinham. Nunca foi tão curta a distância que separa inferno e paraíso. Cecília derramava pistas sobre a mesa. Ah, se ele pudesse adivinhar o que elas significavam de verdade!...

Foi aí que José Brás teve medo do seu tamanho. Está nos livros: o gigante todo-poderoso sempre acaba tropeçando. Olhou para aquela mulher traiçoeira. É preciso ter cuidado! A xícara de café trazia uma inscrição: "BEBA-ME!" Ele aceitou o convite. Deu um gole e começou a encolher.

— *Assim você me deixa encabulado.*

Outro gole.

— *Eu não passo de um burocrata que não foi capaz de questionar ordens. Mais um.*

— *Um fraco.*

Por que disse aquilo? Ao final do café, ele praticamente sumira na cadeira. Ou seja, tinha voltado ao seu tamanho original, o que é mais ou menos a mesma coisa. Mais um pouco e quase se afogaria na própria lágrima, como Alice.

— *Você não devia dizer isto — biscoito.*

— *É como eu me sinto — café.*

O meteorologista lamentava o clima que escolheu para a conversa, mas não conseguiu livrar-se dele. Cecília trazia sol e ele insistia em nuvens negras. Como o seu mundo real acabava sempre tão diferente do seu mundo de sonhos! Que distância é essa que separava a Mauá do seu caderno daquele café em Juiz de Fora! Fosse o José Brás do caderno, diria que ela estava iluminando a sua segunda-feira, que estava apaixonado por ela e que estava pronto para ir até o fim a seu lado. No caderno, ela diria sim!, meu amor!, é claro.

Mas não era uma história de papel e lápis a que se desenrolava naquela mesa. Cecília foi desanimando de oferecer biscoitos enquanto ele tomava café e, como se adivinhasse o paradeiro do seu pensamento naquele minuto, perguntou:

— E o seu livro, como anda?

A nova questão soltou as amarras da conversa e ofereceu a ele uma outra chance de crescer. Para Cecília, o que Brás escondia no caderno era um livro em produção, e ele achou conveniente estimular essa impressão. Apanhou uma migalha de biscoito quebrado no prato e colocou na língua.

— Não era para ser uma história de amor, mas eu não consigo detê-la; é o que está virando.

E como raramente acontecia, ele desandou a falar coisas sobre as quais nunca havia pensado de forma organizada. Uma sensação estranha, de ausência de filtro, de falta de cérebro entre o sentimento e a fala, ligação direta.

— O pedaço de história que você leu naquele caderno tomou conta da minha vida. Tudo começou como se fosse a coisa mais simples do mundo. Contar uma história; só. Hoje é o que mais me faz sofrer e sentir prazer, entre todas as coisas. Nunca pensei que o desafio de inventar e descrever uma história fosse tão... arrebatador. Eu não consigo mais me libertar do enredo, dos personagens. Eles me acompanham a cada momento, na rua, no banho, no trabalho, na cama. Estou aqui, ouvindo você, e pensando neles. Os personagens têm vida própria e me cobram porque estão aprisionados por mim. É doloroso. Pegar no caderno e escrever é um risco permanente, como se a gente pilotasse sozinho um avião desgovernado. E sem saber *dirigir aviões. Por outro lado, não abrir o caderno e não recomeçar a viagem suicida é impossível: o peito dói, como se a história e seus personagens estivessem pressionando, empurrando, pedindo para sair. Até que eles saem — e eu não consigo controlá-los. Faço um esforço absurdo para ir atrás deles. Eles fogem. Eu consigo capturá-los e chegar a um pouso qualquer, um ponto final arranjado. Tudo bem? Nada. O que era para ser um alívio é tormento ainda maior, uma enorme solidão. Ainda não sei o que vai acontecer depois, e é impossível compartilhar essa expectativa com outra pessoa. Ao mesmo tempo, é preciso dizer que não há prazer como o de encontrar uma saída, uma solução, ou melhor, quando a história revela seu caminho, sua saída, sua solução. É muito bom. Só que, depois do ponto, vem outro parágrafo, outro voo sem rumo.*

Cecília acompanhou fascinada a inusitada cachoeira de palavras de José Brás, que escorregaram de forma acelerada pedra abaixo. Ele realmente estava diferente naquele dia. Ela abriu a guarda para receber uma cantada, ofereceu o mote. Só que os meteorologistas, pensou a moça, tal como o que eles estudam, são mesmo imprevisíveis. Ela ofereceu tempo bom e ele despejou chuvas e trovoadas. Cecília ficou ainda mais intrigada com o parceiro. Pediu:

— Por que você não me mostra esse livro?

— Não é exatamente um livro. É uma história. Que eu espero contar um dia.

— Eu quero conhecer.

— Tem certeza?

— Claro. Você me deixa curiosa.

— Você É curiosa.

— Sou. Então me conta.

— Não. Ainda não estamos prontos. Nem eu nem a história.

— Como assim "prontos"?

— Eu não sei ainda se sou capaz de contar a história. E a história também não sabe se vale a pena ser contada, se vai interessar a alguém.

Cecília ofereceu um biscoito e disse que iria esperar até quando estivessem aptos, o narrador e sua trama.

José Brás deu uma bicada no café e comunicou que esse dia talvez não chegasse nunca. Era verdade. Ele não sabia se o seu canto era só para si mesmo, para sua solidão. Ou se o que quer o homem que canta é encantar alguém.

— Tenho que descobrir quando e se vai chegar a hora de contar. Cecília cansou.

— Descubra, professor. Descubra e me conte depois.

Acabou a viagem ao país das maravilhas. Como dizem os políticos mineiros (ou seriam os gaúchos?), o cavalo passou arriado, sumiu no pasto e José Brás não montou. Restou-lhe o gole derradeiro de café e combinar a estratégia do dia seguinte.

O coronel marcou para as oito da noite. Era melhor que ela chegasse primeiro, ele depois. A lógica de Cecília era a de que eles não se apresentassem juntos de novo para que tivessem mais liberdade em possíveis investigações futuras. Para que ela, principalmente, pudesse construir uma relação direta e pessoal com o coronel Leão.

— Tudo bem. Vou chegar às oito e quinze.

Venci (ou perdi) a segunda-feira. Voltei para casa com um gosto amargo de café, mas com algum sentimento de vitória. Cecília me ouvia. Com ela, para ela, eu conseguia mostrar ao menos alguns fragmentos de história. E ela prestava atenção, incrível! O caderno poderia deixar de ser só papel na minha gaveta... Talvez o dia tivesse desfecho bem mais triunfal se eu não fosse tão medroso em relação a Cecília. Mas, para um jogador pouco ambicioso, empate era vitória. Ganhei um ponto na casa do adversário.

Esquentei na panela um resto de lasanha que dormia fazia alguns dias na geladeira, enquanto me lembrava do discurso sobre a produção do caderno, feito há pouco. Sorri sozinho, ainda surpreso com o que tinha dito sem pensar. Comi a massa, tomei um banho, e os personagens daquela estranha segunda-feira dançavam na minha cabeça. Eles rodavam em torno da mesa cheia de copos, pratos, xícaras e talheres usados. Os ponteiros do relógio da cozinha estavam parados. Seis horas. Entre mim e o tempo havia algum problema.

Ou não. Tem horas em que o melhor é não pensar em nada, dizia o chapeleiro maluco. Não pensar em nada é a melhor solução para se esconder. Para se esconder de si mesmo.

Sentei diante da TV, liguei a Hebe, recostei no sofá e dormi.

Terça

A mulher da bunda grande cultua ETs. Um tanto patética, a frase pode resumir o que aconteceu terça-feira à noite na casa do coronel Leão. Quando cheguei, o rito estava quase começando. Demorei um pouco a reconhecer Cecília, Iolanda e o dono da casa no meio de um dos vários grupos de pessoas que se reuniam perto da piscina. Muita gente, pouca luz. Noite de nuvens, quente, 28 graus: previsão confirmada. Quando afinal cheguei à roda, fui recebido pelo coronel de forma mais contida do que nas últimas jornadas carnavalescas.

Não era uma festa. Espalhadas em torno da grande piscina, as pessoas esperavam alguma coisa. Calculei umas quarenta cabeças, incluindo a da mulher da bunda grande. Quando me aproximava do grupo, antes mesmo de ser cumprimentado pelo coronel, percebi que ele e Cecília falavam do nosso tema central. Acho que ouvi:

Coronel:

— Foi uma revelação.

Cecília:

— Estou ansiosa por entender.

A maioria dos convidados usava um colar prateado, bem justo no pescoço, incluindo a mulher da bunda grande. Nunca fui bom nos detalhes, mas era impossível não perceber o estranho adereço. Escolhi manter distância em relação a Iolanda. Eu tinha certeza de que ela me "entregou" a Cecília sobre a minha viagem de mestrado logo depois dos pontos luminosos, e não gostei da inconfidência. Durante o dia, na universidade, limitei-me a bom-dia e boa-tarde. Agora à noite, só lancei um outro cumprimento protocolar.

Iolanda também usava o colar prateado. Mas tinha um pingente em forma de estrela que só vi com ela. O coronel trazia uma lua pendurada no seu colar — outra patente, ou veadagem. Foi melhor quando Iolanda deixou o grupo para "tomar umas providências". Ficamos eu, Cecília, a mulher da bunda grande e um homenzinho de terno que me foi apresentado pelo coronel como advogado da escola de samba. Quando me acostumei com a penumbra, percebi que ele também trazia uma diferença no pescoço: seu colar era dourado.

Uma espécie de campainha soou, acionada por Iolanda, e, lentamente, os grupos foram se dissolvendo e as pessoas caminhando para o rancho que ficava no fundo da casa, depois da piscina. O mesmo ambiente que abrigara o samba excitado, havia poucos dias, se convertera em templo. Acho que ouvi uma música de fundo, um desses instrumentais insípidos que conduzem elevadores, distraem salas de espera e ilustram sessões de massagem. Filas de cadeiras de plástico brancas estavam impecavelmente alinhadas, voltadas para um pequeno tablado. Chegara a hora da revelação.

(Desculpe-me o leitor interromper a descrição daquele estranho rito para mais um mergulho na autorreferência, mas creio ser justo compartilhar a história — curta, prometo — de minhas parcas convicções religiosas, antes de continuar o relato. Afinal, estou contando o que vi com os meus olhos, e eles chegaram contaminados de preconceitos. Como o leitor é um sujeito sensato, que não acredita em narrativas objetivas, o mais honesto é que conheça as implicâncias do narrador antes que ele chegue aos fatos, supostamente.

Fui católico, ateu e desconfiado. Nessa ordem. Os colégios religiosos me ensinaram que Deus criou o universo, eu fiz primeira comunhão e tive medo Dele. Nossa relação, no entanto, sempre foi tumultuada. Fiz orações e penitências sem fé. Fui a missas por obrigação e acompanhei o ritual mecanicamente, enquanto pensava em peladas no campinho e, depois, em coxas de Juliana. Rezar mesmo, com vontade, só antes e durante os jogos do Botafogo. Somente muitos anos depois eu associei com egoísmo — mas a gente não aprende que Deus não quer nada em troca? Ainda assim ofereço uns dias de missa em troca de uns pontinhos na tabela de classificação do campeonato carioca.

Vida que segue, como diria João Saldanha. E o seu guru barbudo despiu o papa. Letras minúsculas. Materialismo dialético. A religião é o ópio do povo. Descri. Era tão óbvio. Quem explica é a ciência. Vou atrás dela. Da entropia. Do moto-contínuo. A vida é matéria; e só. Vens do pó e a ele voltarás. O homem é somente um monte de moléculas. Acreditar em Deus aos dez anos; em Marx, aos vinte. Mas, por via das dúvidas, eu continuava fazendo o sinal da cruz e cruzando as mãos antes e durante as partidas. Especialmente as decisivas. Estudei ciências, mas nunca revoguei as orações de torcedor. Torcedor de futebol, mas, volta e meia, de outros esportes, como o amor. Como se pode perceber, rezas inúteis em quaisquer modalidades.

Até que acabou a brincadeira. Entre o crente imposto e o racional suposto, impôs-se a realidade. Meu sobrinho ficou gravemente doente. Leo tinha nove anos quando o câncer foi descoberto. A primeira reação foi de uma falsa esperança, baseada na incredulidade. "Será mesmo? Tem certeza? Quem sabe o exame está errado?" Em seguida, a revolta, depois do banho frio dos diagnósticos da ciência: "Porra, meu Deus! Que maldade, que injustiça! Por que uma criança tão linda, tão boa?!"

Leonardo era o único filho de minha única irmã, mais velha que eu. Ela não me convidou para padrinho, eu fingi que não liguei. Mas, até porque não fui lembrado para esta investidura, fiz dele meu afilhado de fato, um pouco o filho que eu nunca tive. Incluam-se parques de diversão mambembes, peças de teatro infantil ridículas, infernais festas de aniversário dos coleguinhas e outras tragédias proporcionadas por adultos incompetentes para entender o que realmente interessa e diverte crianças.

Às vezes, o padrinho à força acertava: sempre quando deixava a imaginação dele fluir. Quando contávamos — ele e eu — histórias (acho que o Leo foi meu único ouvinte de histórias, embora até ele, com dois anos, falasse mais do que eu). Quando eu tinha paciência para repetir, com sutis variações, a mesma fantasia de brincar de três porquinhos. Quando rolamos na cama da minha irmã ou nadamos juntos na piscina do clube. Quando — então já próximo da notícia — o levei ao estádio para ver o Tupi.

Notícia ruim chega sem aviso preliminar. Só depois que chega é que a gente percebe indícios de que ela já se anunciara. Os sinais que a notícia dá só são percebidos depois, quando já é a Notícia. As pequenas queixas do Leo. A barriga um pouco inchada: "Este menino bebe muita Coca-Cola." Aquela noite em que ele dormiu lá em casa e suou muito, mesmo sem a coberta. Ou uma estranha tristeza, um estado de silêncio que, de vez em quando, nos fazia achar que ele era um menino "especial". E era, mas por outro motivo. Aqueles pequenos acontecimentos de um cotidiano de criança seriam esquecidos, passariam desapercebidos, se não chegasse a notícia. Só que (merda!) ela chegou.

Eu, que já não cria, descobri-me na estranha situação de brigar com Deus. Eu, que tinha decidido que não acreditava na Sua existência, estava atribuindo a Ele (ou a Seu descuido, desleixo) a má sorte do meu menino. E não percebia a súbita transformação. À falta de culpados, a crença em Deus se tornou necessária. Como aceitar a notícia sem responsabilizar Alguém? "Porra, Deus! Que maldade, que injustiça!"

Aí a ciência começou o tratamento. Tábua de salvação, queremos crer. Era final de tarde, e eu rodava de carro por Juiz de Fora, recurso que usava desde garoto, quando o mundo parecia não oferecer respostas. Andar a esmo pelas ruas da minha cidade e pensar, ou deixar a atmosfera urbana me consumir. As respostas nunca apareciam, é claro, mas o tempo da angústia passava, até o compromisso seguinte. Naquela tarde, vagava pela rua de Santo Antônio e me lembrei da Catedral, da primeira comunhão, das missas solenes. Virei à direita na rua do Espírito Santo — e amém. Estacionei no adro da igreja como quem vai ao comércio do centro, mas, ao contrário, entrei na nave.

Quando a gente cresce, as coisas diminuem. Isso só não vale para a Catedral. Aqueles tetos imensos, a abóboda com as pinturas bíblicas (como é que o pintor chegou lá?), aquele altar tão distante. Entrei e tudo estava ali, nas dimensões do menino da primeira comunhão. Sentei-me no banco de madeira ("doação da família Abreu Silva") e travei o seguinte diálogo com Ele:

— (antes de qualquer manifestação minha) Tá no sufoco, né? Veio pedir ajuda. É a primeira vez que você entra aqui atrás de Mim. Quando você era menino, a escola mandava. Depois você sumiu. Só voltou para casamentos, sempre doido para acabar logo e para começar a festa.

— Antes de pedir ajuda, eu posso pedir perdão. Mas de que adianta? Você sabe tudo o que a gente pensa. Principalmente aqui na Sua casa. Quando a gente pensa, está falando. Aprendi a rezar em silêncio, não é mesmo?

— Você só pensa em pedir perdão porque está constrangido em me pedir ajuda. Você não tem certeza se errou. E quem disse que você errou?

— Você.

— Eu não disse nada.

— Este prédio, estes afrescos, este clima, estas imagens estão dizendo. A minha consciência está dizendo.

— Esta igreja não está dizendo coisa nenhuma. E a sua consciência não sou eu.

— Quer dizer, então, que eu posso pedir ajuda sem culpa?

Olhei para um anjo que parecia que olhava para mim. Ele:

— Quando tudo vai bem, você me esquece. Quando o menino fica doente, você corre atrás de mim. Mas tudo bem; vá em frente.

Olhei de novo para o altar e rezei, como não o fazia desde os tempos de escola. Lembrei do Pai-Nosso e da Ave-Maria, repeti algumas vezes. Cheguei a pensar em oferecer alguma coisa em troca, um sacrifício, pela recuperação do Leo. Lamento confessar o ridículo, mas me ocorreu, por exemplo, derrotas eternas do Botafogo. Recuei. Não acredito que Ele aceite esse tipo de barganha. Fiquei preocupado em ofendê-lo com aquele raciocínio mercantilista.

Pedi desculpas. Ora O ouvia dizer que tudo bem, vá em frente, seja autêntico; ora tinha certeza que estava sendo excomungado. Só que o Leo era bem mais importante do que minha conturbada relação com Deus. Pedi penico, como a gente menino dizia na hora do sufoco máximo.

Sem medo e sem barganha. Rezei, rezei de novo e chorei, chorei muito. Por Leo. Sem razão ou fé.

Ocorre que a ciência ou a crença — ou outras vias — têm seus caprichos. E o menino se curou. Cirurgia, quimio e radioterapia; pai-nosso, ave-maria. Rimou. Bom refrão para um samba da escola do coronel. Tive vontade de pular feito um passista louco pelas ruas da cidade. Dancei e gritei de alegria. Só que sozinho, na minha casa. Amém! Saravá! Por Alá! Aleluia!

Nunca saberei quem foi que curou meu afilhado. Ex-católico e ex-ateu, desconfiado foi o que me tornei depois desse episódio.

E voltei à Catedral, pelo menos uma vez por mês, para agradecer.

Não sei bem a quem.)

Parêntese fechado, de volta à casa do coronel. Com um jeito solene e grave, o anfitrião esperou que todos sentassem, foi ao proscênio, deu boas-vindas aos irmãos e destacou os que se uniam a eles, em sua primeira reunião. Pediu a todos que, num minuto de silêncio, voltassem seu pensamento e sua energia mental "àqueles que vieram do céu", como sinal de que a humanidade está se preparando para recebê-los de volta e para construir a perfeição. De rabo de olho, captei expressões compungidas e gestos de fé, como da mulher da bunda grande, bem à minha frente, que ergueu os braços, mãos espalmadas, e emitiu um grunhido contínuo, uma espécie de zumbido, o seu sinal sonoro para o espaço.

Convidado pelo coronel, o irmão Kael (na verdade aquele advogadozinho do colar dourado) assumiu o comando e revelou a liturgia. Entre gestos teatrais, interpretações originais das metáforas bíblicas e *slides* com pretensões científicas, o que o pastor cibernético tinha a nos dizer é que o mundo (a espécie humana incluída) fora uma criação de seres mais evoluídos, que vieram de um outro planeta. O coronel Leão, dona Iolanda, a mulher da bunda grande e aquelas dezenas de pessoas reunidas no quintal de uma casa de subúrbio em Juiz de Fora, Minas Gerais, Brasil eram adeptos do que orgulhosamente intitulavam Criacionismo Científico.

Nem Deus nem Darwin. A Terra, então um inóspito corpo celeste, recebeu há milênios uma excursão de extraterrestres que decidiram construir aqui um planeta vivo e uma civilização, à sua imagem e semelhança. Usando uma avançadíssima técnica genética, deram forma e movimento ao nosso mundo. Criaram paisagens, animais, rios, mares, florestas, como um artista que pinta um quadro e ordena: "Viva." Fabricaram o homem, uma espécie de modelo simplificado deles mesmos. Depois, regressaram a seu mundo de origem, mas deixaram aqui alguns "treinadores", com a tarefa de fazer esse ser tosco evoluir. Buda, Jesus, Maomé são alguns desses representantes dos nossos criadores além-atmosfera.

Em que pese o inusitado da cena, sou obrigado a reconhecer que a narrativa do irmão Kael era sedutora. Segundo ele, o mistério tinha sido revelado havia poucos anos, quando alguns homens, em diferentes pontos da Terra, foram contatados por enviados da evoluída civilização que nos gerou. Objetos voadores não identificados, que andaram sendo vistos por céus dos nossos hemisférios recentemente, eram potentes aeronaves trazendo de volta os que nos inventaram. Foi assim com os pontos luminosos da serra do Matumbi.

Aquilo que o caseiro Francisco e possivelmente o namorado de Cecília viram foi um comboio de deuses. Ou, por outro ângulo, uma visita de nossos avós. Eles vieram dizer, segundo o pequeno advogado da escola de samba travestido de porta-voz celestial, que estão prontos para voltar e oferecer os conhecimentos que faltam para que a Terra cumpra seu ideal e se transforme num imenso mundo perfeito, conforme o que foi desenvolvido no seu planeta.

Antes que algum aluno da escolinha do coronel Leão levantasse o dedo para perguntar como é esse mundo perfeito, o irmão Kael já o estava descrevendo, com ênfases e superlativos. Era o ápice da sua pregação. O audiovisual projetava desenhos caprichados e ele caprichava ainda mais, nos adjetivos e nas pausas dramáticas. Uma civilização em que a medicina venceu a morte; em que o prazer substituiu o trabalho; em que a diversão enterrou a competição. Um mundo feito só de inteligência (para ser melhor) e de imaginação (para ser feliz).

Absolutamente seduzidos pelo paraíso prometido pelo mensageiro dos ETs, os fiéis acreditavam que eram os escolhidos para liderar a transformação. Cabia a eles preparar a humanidade para receber de volta nossos criadores, que não exigiam muito. Para voltar e ensinar o que ainda não aprendemos, a condição que eles propõem é que os homens acreditem que sua missão é de paz e não reajam à sua chegada. E que construam templos para receber e reverenciar os enviados. Não haverá discriminação quando eles chegarem, mas os que contribuírem para a, digamos, infraestrutura de recepção serão recompensados.

Era o caso do seleto público daquela noite, incluindo a mulher da bunda grande. A elite da nova civilização. Sobre eles pesava, no entanto, grave responsabilidade. O irmão Kael advertia: caso a humanidade não fosse capaz de demonstrar verdadeira vontade em receber seus criadores, eles desistiriam e abandonariam nós todos à nossa própria sorte. O que significaria ignorância, barbárie, intolerância e, ao final, a autodestruição.

É pegar ou largar, concluía, tal um vendedor, o homenzinho do colar dourado. À sua palestra, seguiram curtos depoimentos — em vídeo ou na plateia, em carne e osso — de pessoas que foram tocadas pela revelação. Apesar da pretensão científica, o clima era, cada vez mais, de emoção, de catarse. Vi gente chorando. O ambiente era absurdo e até me divertia. Percebi um traço de decepção no rosto de Cecília.

A sessão de testemunhos teve a participação de Iolanda. E eu fui personagem da sua história. Ela relatou que o seu caminho para a "Descoberta" tinha sido aberto por mim. Na verdade, quando eu pedi a ela que datilografasse o depoimento do caseiro e formasse um processo novo de pesquisa: a investigação sobre os pontos luminosos. Uma pasta, um número, um carimbo. Iolanda contou que sua atenção de burocrata foi despertada pela simplicidade da fala de Francisco e pelo respeito de um cientista sobre o tema. Ouvi da nossa secretária do Centro de Previsão do Tempo, literalmente, o meu relatório, que sabia de cor. E dizer que a curiosidade a levou até a serra do Matumbi e depois a contatos no Exército. Encontrou o coronel e foi apresentada aos "Elohim" ("Aqueles que vêm do céu", em hebraico), que era como eles chamavam os deuses astronautas.

— Sempre fui católica. Até descobrir a verdade.

Ela não mencionou o meu nome, mas senti que estava sendo provocado a participar. Fiquei quieto, fiz de conta que não era comigo. O coronel Leão olhava para mim, com expectativa. Também ele, embora citado, preferiu o silêncio. Um tempo passou e o comandante da pajelança anunciou o final. Agradeceu a todos e os convidou a recitar o que me pareceu o pai-nosso, o mantra, o refrão daqueles fiéis. A mulher da bunda grande era uma das mais entusiasmadas do coro.

Ao que virá do céu
Nosso amor, nossa acolhida
Sei que virá do céu
Sonho novo, nova vida

Eu estou pronto
Para viver a Revelação
A Idade do Conhecimento
O tempo da comunhão

Sou livre
Para viver e pensar
Estou pronto
Para o que virá

Rito encerrado, os irmãos vão se dispersando rapidamente. Atendo a um sinal do coronel para aguardar e logo estou com ele, Cecília, Iolanda e o advogado-pastor, na sala de troféus, a pretexto de um café. No caminho, quando contornávamos a piscina, Cecília deu um jeito de nos afastar um pouco do grupo para sugerir.

— Acho que devemos dizer que estamos impressionados, ainda que não seja verdade. O coronel é uma fonte de informação que pode ser muito útil.

Mal tive tempo de balbuciar que estava achando tudo aquilo uma bobagem, mas que concordava com ela, como sempre. Logo chegamos à sala e, quando ele perguntou afirmando "tenho certeza que vocês ficaram impressionados", minha resposta foi que estava surpreso e achei tudo muito interessante. Agradei Cecília e a ele. Minha parceira emendou, perguntando como o coronel tinha descoberto aquela nova visão sobre a existência humana.

— É melhor o irmão Kael explicar. Ele guarda um segredo, que poucos conhecem.

O pequeno advogado do colar dourado fez um clima de suspense e revelou.

— Eu já estive com um Deles.

E contou que subiu a serra do Matumbi, em dezembro de 1973, como mais um dos curiosos, atraído pelo zum-zum-zum que tomou conta da cidade e pelas manchetes de jornal. Num final de tarde de um dia de semana, ele andava sozinho na mata e deparou-se com o que, a princípio, pensou ser um anão. Não tinha mais de um metro e vinte, era careca, pele escura, olhos estranhamente arredondados. Usava uma espécie de macacão inteiro, pernas e mangas compridas, de uma cor fosca, que quase se misturava aos tons das folhagens, e um par de botas. Se não tivesse se apresentado à sua frente, provavelmente não seria visto no meio da mata. Antes que o irmão Kael pudesse esboçar qualquer reação ao inusitado encontro, ouviu do anão, com uma voz grave, parecida com um locutor de rádio, que não combinava nem um pouco com sua figura: "O que você procura está aqui."

O relato do advogado era pormenorizado, mas seu tom era bem mais informal que a palestra (ou pregação) que eu tinha acabado de assistir. De forma resumida, posso explicar a história dele assim:

- o anão era um ser de outro planeta, que estava de volta à Terra;
- de volta, porque ele já estivera aqui algumas vezes nos últimos milênios, desde que seu planeta criou a Terra;
- milênios, sim, ele tinha alguns milhões de anos; em seu planeta os habitantes só morriam quando tivessem vontade e alguns como ele, os Líderes, não podiam morrer, pois tinham a missão de zelar pelo equilíbrio da sua civilização;

- foi o pequeno ET quem apresentou, com detalhes, a história que havia sido contada pelo irmão Kael na reunião recém-terminada;
- assim como ele, outros trinta homens foram visitados naqueles dias pelos representantes do outro planeta, em pontos diferentes da Terra;
- a missão desses homens era preparar nosso mundo para o regresso de seus criadores; o que ele estava fazendo, com o apoio de discípulos valorosos, como o coronel e Iolanda.

Kael, o mensageiro, explicou que ainda não havia chegado o momento adequado de tornar público aqueles encontros: a humanidade não está totalmente preparada e a reação pode atrapalhar projeto tão nobre, por isso a reserva sobre os encontros. O nome Kael foi escolhido pelo ET. Eles se encontraram cinco vezes, sempre no mesmo ponto da mata. Na última, o Exército já ocupava o local e comandava as investigações. Um soldado encontrou o advogado assim que a sessão terminou, sentado sob uma árvore e pensando nas palavras de seu visitante. Ele foi imediatamente detido e levado ao chefe das operações, o coronel Leão. A narrativa do advogado terminava nesse ponto, como se ele estivesse passando o bastão para o dono da casa, naquele revezamento de relatos que tinha a intenção de seduzir novos fiéis: Cecília e eu.

Eu estava fascinado. Não pela história, que não me parecia nem um pouquinho crível, mas pelo narrador. Como eu tinha a aprender com ele para executar meu Plano! O homenzinho crescia à medida que se desenrolava a trama. Fiquei imaginando como ele era capaz de olhar no olho de sua plateia, com verdade e emoção, enquanto mentia. (Sim, porque não era possível que fosse verdadeira aquela sucessão de reuniões na mata com um extraterrestre.) Fazia pausas e o silêncio na sala era completo, como antes no auditório. Eu estava a menos de três metros dele e sentia uma emoção sincera nas passagens mais dramáticas. Ele não titubeava, parecia não pensar no que dizia, o que conferia absoluta impressão de autenticidade à sua história. Diante de nós, um grande ator! Mais um tipo de narrador para minha galeria que já tinha o popular, o autoridade, o monopolizador. Talvez o modelo mais completo e mais eficaz de todos, um verdadeiro talento.

Encantado pelo dom do irmão Kael, não prestei muita atenção nas palavras do coronel. Mas foi o suficiente para perceber que havia com ele algo de não dito, uma verdade escondida, a ser apurada. O ex-comandante disse que recebeu o advogado capturado na mata, passou-lhe uma descompostura (aquela era uma área militar, acesso proibido a civis não autorizados, muito lhe admirava encontrar um bacharel violando as normas) e o mandou embora.

Mas ainda teria que acontecer uma sexta reunião com o homenzinho do espaço, marcada para o dia seguinte. Por isso, o advogado procurou o coronel naquela mesma noite e ele foi o primeiro a conhecer a revelação transmitida pelo passageiro dos pontos luminosos. Impressionado com os fatos descritos ("não era difícil se deixar impressionar por aquele contador de histórias", pensei), o coronel concedeu autorização para que ele voltasse ao seu ponto de encontro, com a condição de que lhe revelasse, sem omissões, todos os detalhes das mensagens do outro planeta. O recado transmitido pelo ET no último encontro foi justamente a lista de providências para a triunfal recepção aos nossos criadores em seu retorno à Terra — e aí surgiu o Grupo dos Criacionistas Científicos do Brasil, sediado em Juiz de Fora, liderado pelo irmão Kael e com direção operacional do coronel Leão.

— Depois daquele sexto encontro, eu sabia que aquela etapa da missão Deles havia terminado e que os pontos luminosos desapareceriam. Pedi meu desligamento da chefia da operação Matumbi e, pouco tempo depois, fui para reserva. Afinal, preciso de tempo para me dedicar à nossa Organização e à minha querida Turunas, é claro!

Uma vida em função de dois delírios. Esse era o nosso anfitrião. Não havia como não pensar nos pontos de semelhança entre os dois rituais que presenciei na sua casa: a liturgia do churrasco pré-Carnaval e o devaneio da reunião pós-contatos imediatos de primeiro grau. Foi Cecília, mais uma vez, que nos fez aterrissar e lembrou ao coronel que fora a seu encontro em busca de notícias de Denílson.

Engraçado, naquele momento tive a impressão de que entrou em cena o carnavalesco. Ele fez um gesto teatral, erguendo um dos braços e volteando a mão no ar. "Voilà!", teria dito, fosse um *vaudeville*. Ergueu-se da poltrona feito uma madame, requebrou em direção à sua estante e puxou uma espécie de fichário. Molhou a ponta do dedo indicador na língua, manuseou os cartões e puxou um:

— Denílson Vasconcelos Silva! Soldado valoroso.

Pausa. Parecia que Cecília ia pular do sofá em sua direção. Olhou para ela e pressionou a ficha do soldado contra o peito. Expressão compungida.

— Nunca mais o vimos. Foi ele o soldado que encontrou o irmão Kael perplexo na mata, diante das revelações que tinha acabado de ouvir. Foi ele que o levou até seu comandante.

Pausa para um comentário paralelo, que exasperou Cecília:

— Engraçado. Se não fosse o bravo Denílson — para Cecília —, seu querido namorado, minha rainha, talvez a gente — para o advogado — nunca tivesse se encontrado.

Cecília se continha a custo para não interromper. O coronel baixou a cabeça e quase sussurrou:

— Denílson nunca mais voltou. Estava de plantão na noite seguinte, a noite do sexto encontro, a noite da despedida dos Criadores e não retornou à nossa base de operações no Matumbi.

Ela perguntou em tom baixo, como quem tem medo da resposta.

— O que houve com ele, coronel?

Quem respondeu foi o advogado.

— Ele se foi. Com Eles. Na linguagem científica, diz-se que Denílson foi abduzido.

— Foi levado pelos ETs? Como? Por quê?

— É difícil dizer. Era a última noite Deles entre nós. Denílson era esperto, atento e disciplinado. Deve ter visto alguma coisa. Eles podem ter conversado com ele, como aconteceu comigo, e o convidado a seguir com eles.

Cecília, incrédula.

— Ele não iria abandonar sua família, sua vida. A gente ia se casar.

— Eles são extremamente sedutores. E usam formas superiores de inteligência, como a telepatia, por exemplo. Não seria difícil convencer seu noivo.

O irmão Kael falou de forma quase dura, como se Cecília estivesse duvidando dele, pondo-o à prova. Ela:

— Mas por que eles levariam o Denílson?

— Quem sabe? Minha querida, neste instante o seu noivo pode estar vivendo a mais extraordinária experiência que um homem pode almejar. Conhecendo a civilização mais avançada do universo. E, talvez, sendo preparado para retornar à Terra como um novo Profeta. Tenha certeza: Eles não são violentos, Denílson foi por vontade própria e está vivendo uma experiência única. Eu, sinceramente, creio na sua volta como um dos nossos Guias, o líder da Revolução na América Latina.

Cecília, cabisbaixa, quase sussurrando:

— Preferia receber a notícia de que ele está morto.

Em mais um gesto cênico, o coronel entregou a Cecília a ficha de Denílson. A nova rainha da escola de samba tinha lágrimas nos olhos. Guardou na bolsa. Todos preferiram o silêncio. Ela, inclusive.

A reunião terminou e, se fosse capaz, eu tinha um tanto de histórias para contar.

José Brás levou Cecília e Iolanda, mais uma vez. Fizeram o caminho em silêncio. A secretária chegou a sugerir uma pausa para um sanduíche, mas Cecília respondeu que estava sem fome e tinha que dar aulas na manhã seguinte, bem cedo. Antes que ele iniciasse a volta na cidade, percurso complicado, com o objetivo de deixar Iolanda em casa antes dela, a professora interferiu no trajeto: disse que não se sentia bem e pediu para que sua casa fosse a primeira parada.

Motorista obediente e decepcionado, Brás deixou Cecília na sua porta sem saber qual tipo de frustração ela sentia. Ele tinha indícios, pelas reações observadas, que a história contada naquela noite fora muito mal digerida. Os argumentos dos "Criacionistas Científicos" não convenceram a moça, estava na cara. E a versão sobre Denílson era a pior possível para uma pessoa racional, ainda que oferecesse esperanças mirabolantes. Brás acreditou que era essa a interpretação dos fatos que fazia sua parceira de investigações. Mas não tinha certeza. E não entendeu por que ela não quis compartilhar com ele suas opiniões sobre aquelas tantas novidades. Ficou irritado e despediu-se de Cecília com um boa-noite seco. Mas foi fiel a ela. No trajeto até o condomínio de Iolanda, não cedeu à tentação de ironizar a crença da secretária e respondeu com monossílabos de concordância aos comentários sobre os encantos daquela noite.

Cecília subiu as escadas de casa correndo. Nem passou no quarto para ver os meninos, nem foi até a cozinha, como sempre fazia. A mãe dormia no sofá, TV ligada. Entrou no seu quarto, trancou a porta e, antes mesmo de sentar à cama, abriu a bolsa e retirou a ficha de Denílson, "presente" do coronel. Acendeu o abajur e posicionou o retrato três por quatro bem no foco da lâmpada. Voltou à bolsa, pescou a carteira e, numa dobra de plástico, achou a foto que sempre carregava com ela. Posicionou as duas imagens do seu quase noivo, a da ficha e a da carteira, lado a lado, bem iluminadas.

O olho. Esta era a diferença. Nos dois quadradinhos em preto e branco, o mesmo homem, moreno, cabelos escuros, encaracolados. O mesmo uniforme, o mesmo número pregado no bolso. O mesmo fundo branco. Só que os olhos do soldado da ficha do coronel estavam abertos, mas não viam. Enquanto os olhos que estavam guardados na carteira olhavam para a câmera, para o fotógrafo, ou sabe-se lá o quê, os da ficha eram opacos, não tinham brilho. Era como se tivessem aberto as pálpebras de uma pessoa que dormia, era como a retina de um cego.

Ou de um morto.

Ela tinha sentido essa ausência de vida de Denílson logo que encarou o documento, ainda na casa do coronel.

Os olhos de Cecília corriam de uma foto para outra, aflitos, velozes. Até que, deles, nasceu a primeira lágrima. E depois outra, e outra, e outra, escorrendo sobre a face, pingando na ficha e apertando tanto mais o peito quanto mais eram expulsas pelos olhos de Cecília. Eles não precisavam ver mais nada. Aquele Denílson que saiu do fichário do coronel era um homem de olhos mortos. Olhos que jamais veriam os de Cecília, naquele momento encharcados.

Custei a pregar os olhos. Enquanto mirava o lustre da sala, deitado no sofá, via o desfile de personagens daquela noite absurda, e o que me parecia mais nítido era o alienígena. Os rostos do coronel, da mulher da bunda grande, do irmão Kael e até mesmo de Cecília apareciam no lustre e logo fugiam, substituídos pelo "meu" ET, formado por fragmentos de histórias em quadrinhos, desenhos animados, *slides* exibidos na palestra-pregação e detalhes da descrição feita pelo advogado na sala de troféus. O que viam meus olhos vivos, grudados no lustre, era justamente a imagem que eu nunca vira e que não acreditava existir.

Pensei: a grande história é aquela capaz de acender a imaginação, seja falsa ou verdadeira. E detonar a chama é muito mais um atributo do contador que do seu enredo. Com minha habitual tendência à autodepreciação, intuí que jamais estaria à altura da minha história, seja qual for. Que não conseguiria fazer meu público (seja qual for) enxergar Juliana. Não foi suficiente para abortar o Plano, mas quase. Na verdade, sentia-me humilhado pelos talentos do irmão Kael.

Desliguei o telefone para tentar dormir sem fantasmas de outro mundo e sem dar ainda mais corda ao relógio das minhas frustrações. E para tentar não pensar em Cecília, sua busca, sua solidão, e na minha incapacidade de oferecer soluções para a busca e a solidão de Cecília. Fechei os olhos sem saber que, naquele mesmo instante, ela deixava recados na minha secretária eletrônica.

Quarta

Quarta tem jogo. Por mais estúpido que possa parecer, é um forte motivo para gostar mais do dia que começa. "Hoje tem Botafogo e Bahia", me lembrei debaixo do chuveiro, e por um instante me esqueci da noite passada, dos ETs, do coronel e seu advogado e de Cecília. A voz de Cecília insistia, tensa, no gravador do telefone: "Brás, me liga. Acho que descobri uma coisa. Preciso falar com você." Mas, àquela altura da manhã, quase nove e meia, nem adiantava dar retorno. Cecília gastava sua voz com uma turma de moleques da quarta série da escola municipal. Decidi que iria passar na universidade e resgatá-la na porta da escola, ao meio-dia. Mas nem a curiosidade nem a expectativa me entusiasmavam. Decepcionado com a noite anterior, com a reação de Cecília e comigo mesmo, meu único alento infantil foi pôr o jogo de futebol na agenda daquele dia.

No Centro de Previsão do Tempo, achei Iolanda diferente. Não tenho muito talento para analisar comportamentos e perceber reações, mas a secretária me pareceu um tanto exagerada nos cumprimentos e atenções dedicados a mim. Na verdade, mesmo a um insensível aos outros como eu, não era difícil notar. Anos e anos de convivência diária e nunca houve tantos salamaleques, tantas gentilezas. Eu poderia pensar que ela agora me considerava um correligionário, um "irmão crente", um cúmplice, enfim. Só que a minha sensação era outra. Ela estaria representando aquele papel agitado e artificial inconscientemente, comportamento típico de quem esconde algo que estava perto de ser desvendado.

Pedi licença a Iolanda, que, gesto inédito, me serviu um café e ficou parada, em pé, ao lado da minha mesa de trabalho. Abri uma das muitas pastas de capa verde que se amontoavam diante de mim e fingi que examinava um processo. Folheava a sequência de ofícios, memorandos e pareceres, mas as imagens que povoavam a imaginação eram as das fotos do coronel em várias posições fardadas expostas na sua sala. Abri uma gaveta e o caderno estava lá, guardado desde que trouxera de casa na véspera, com o objetivo de fazer uma revisão na história que ele continha e no Plano.

O Plano. Fazia sentido continuar romanceando Juliana para um dia contar a fantasia a sei lá quem? Quando e como vai terminar a história? E o que vai ser de mim ao seu final? Passou um vento dentro da barriga. O Plano me faz sofrer e eu preciso dele, dá para entender? Respirei fundo. Fechei os olhos um instante e vi Juliana se misturando a uma pose condecorada do coronel. Tal fusão acendeu uma fagulha, que detonou a escolha do capítulo seguinte da minha aventura de ficção. Era preciso voltar ao caderno ainda nesta quarta. Antes ou depois do jogo, que é compromisso muito mais importante.

Os alunos da escola municipal do bairro Retiro saíam em bandos, revoadas de meninos e meninas enfiados em uniformes toscos, camiseta cinza de malha com o emblema da escola no peito e short azul. Uma diversidade de tipos, bem brasileira: muitos negros e mulatos, louros sararás, compridos, magrelos, gordos, tampinhas, cabelos lisos, enrolados, encaracolados. Os calçados (e a falta deles, em muitos pés meninos) confirmavam que eram crianças de escola pública, a escola de quem não tem dinheiro para pagar escola. Encostado numa árvore, em frente à saída, José Brás olhou para eles e pensou que muitos iam para casa passar a tarde cuidando dos irmãos ou inventando um jeito de conseguir algum dinheiro. Teve até a impressão de reconhecer um que vendia chicletes no sinal fechado.

Com a mesma rapidez que povoou a rua, a molecada se dispersou. Logo-logo restavam dois ou três encostados no gradil, esperando mãe ou pai. O portão já estava fechando quando Cecília apareceu. Uma brisa interna arrepiou o meteorologista quando ele percebeu, pelo sorriso de meio-dia, que ela gostou de vê-lo ali, esperando. Brás achou até que ela acelerou o passo para atravessar a rua.

— Você precisa ver uma coisa.

Cecília atacou assim, de bate-pronto, soltou a frase acompanhada de um abraço e um beijo forte na bochecha. Era sempre assim, bem diferente de algumas conhecidas das colunas sociais ou da universidade, que mal encostavam o rosto quando dos tradicionais beijinhos. Uma diferença que tornava Cecília ainda mais interessante.

— Oi. O que foi? Ver o quê?

De perto, ela pareceu abatida, com olhos inchados, olhos de sono ou de pranto.

— Não dá para ser aqui, no meio da rua. Precisamos de um lugar mais discreto.

Brás já tinha arquitetado um convite para almoço no bar do Catanha, perto dali. Era um desses botequins-restaurantes, negócio de família, um conjunto de mesas espalhadas no quintal do seu Carlos Antônio e esposa, a Rosaura. Cerveja gelada, tira-gostos à antiga, pratos finos feito rabada, cabrito assado e costela com angu e quiabo faziam a fama e a freguesia do estabelecimento. Até mesmo mulheres dos beijinhos sociais vez em quando apareciam por lá. Mas, quase uma hora da tarde de quarta-feira, num bairro distante do centro da cidade, o quintal de dona Rosaura naquele instante certamente se enquadrava na definição de local discreto.

De fato, só uma mesa de quatro engravatados e igual quantia de mulheres alheias ocupava o terreiro. Eles não gostariam de ser flagrados em suspeita gazeta nem o casal pretendia compartilhar seus segredos. Sentaram-se em mesa distante e deu-se um proveitoso acordo, sem necessidade de negociação: uma mesa não existia para a outra e vice-versa. Só o seu Catanha, que também era garçom, tinha olhos para todos.

A primeira surpresa de José Brás foi a iniciativa de Cecília, que se sentou a seu lado. Em outras ocasiões, como no café, ela sempre se posicionava à sua frente, do outro lado da mesa, o que dificultava maiores aproximações (se ele disso fosse capaz). A segunda surpresa, no entanto, foi muito maior.

— Brás. Denílson está morto.

— Como assim?

Cecília abriu a bolsa e colocou os dois retratos três por quatro sobre a toalha de papel. Pediu a ele que observasse bem e prestasse atenção nos olhos. Brás abriu os seus, ajeitou melhor os óculos e, embora nunca tivesse visto o noivo-soldado, percebeu a diferença. Era evidente que as duas fotos foram feitas em momentos distintos, apesar do mesmo uniforme, do mesmo fundo neutro.

— Está na cara — disse Cecília, emocionada, sem notar o duplo sentido. — Ele não tem vida neste documento que o coronel me deu. Mataram o Deni. — Brás nunca tinha ouvido ela referir-se ao quase-noivo dessa forma.

Desconcertado, Brás ficou sem saber o que dizer, até mais do que costumava ficar. Tentou disparar frases de argumentação e consolo: essa é uma conclusão precipitada; são apenas duas fotos, feitas em dois momentos; é impossível identificar uma pessoa morta por um simples retrato em branco e preto; é absurda esta ideia de que alguém fotografou uma pessoa de farda e olhos abertos depois de morta; não dava...

Cecília pareceu não ouvir o que ele tentava dizer, desarticuladamente, e interrompeu.

— Eu conheço ele muito bem. Mais que isso: eu sinto.

E, já surpreendentemente recomposta, explicou que agora sua busca era outra.

— Por quê? Nós temos que descobrir por que ele morreu. Por que ele foi morto?

Os homens de gravata, os da outra mesa, os das mulheres suspeitas, tinham jeito e pose de advogados. José Brás era um funcionário público, um meteorologista. O tema daquela conversa não parecia estar em mesa errada? Ele já não tinha nenhum talento para procurar desaparecidos. Ainda menos, muito menos, para desvendar um *suposto assassinato. Foi o que andou pensando enquanto mordiscava um chouriço, cortesia da casa, e olhava Cecília, confuso. À falta de coisa melhor para dizer, praticamente repetiu a pergunta dela.*

— Mas por que matariam o Denílson?

Ela precisava passar para a posição de quem é indagada, precisava da pergunta. Para responder o que andou pensando durante a madrugada.

— Não sei. Eles matam.

— Eles? Quem? Os alienígenas?

— Porra, Brás! Eu estou falando sério, da coisa mais importante da minha vida, e você vem com ironia.

— Ironia? Não...

— Você sabe muito bem que eu não acredito naquela bobagem de ontem, que eu achei aquilo tudo ridículo.

— Peraí! Como é que eu sei? Você correu para casa ontem, nem falamos sobre o culto do irmão Kael.

— Corri para comparar as fotos. Para descobrir o que estou mostrando a você.

— Tá bom. Mas podia pelo menos despedir-se direito. — Brás acabou de falar e sentiu-se infantil.

— Desculpa. Eu estava desesperada. Quando ele me entregou o documento eu já tinha pressentido que eles mataram o Deni.

— De novo. Quem são eles?

— Ora, o Exército — em tom baixo. — Você sabe. Eles têm o controle, o poder. E podem eliminar quem incomoda.

— Não entendo. O que ele pode ter feito para que chegassem a ponto de assassiná-lo? Você sabe mais alguma coisa, Cecília? Ele lhe contou?

— Não. Nunca.

— *Então...*

— *Não sei. Não sei, não sei.*

Ela foi abaixando a cabeça e a voz. A mesa dos advogados e acompanhantes pareceu silenciosa. Seu Catanha abriu uma cerveja e deu para ouvir o barulho da chave na tampinha. Dona Rosaura colocou as travessas de feijão-tropeiro e salada sobre o balcão com estardalhaço. Brás engoliu mais um pedaço de chouriço e se lembrou do jogo do Botafogo à noite. Um cachorro latiu lá fora. Passou um ônibus. O ar estava parado, a vida em suspenso. Uma cena congelada. Como uma tarde normal de subúrbio.

De lá do quintal-restaurante dava para ver a mata e o morro do Matumbi. Onde o noivo da professora foi levado por ETs ou foi morto pelos militares.

Ou de onde fugiu para viver outra história, qualquer outra que não esta.

Juliana foi a primeira pessoa a ver o corpo do sargento dilacerado pela bomba, dentro do Puma. Culpa minha. O tal comprido e insistente fio do destino nos reuniu mais uma vez no Riocentro, na noite do dia 30 de abril de 1981, quatro anos depois da intensa viagem de Mauá. Eu tinha voltado da serra mais apaixonado do que nunca, mas ela, desgraçadamente, não me dava trela. Simplesmente sumiu, o que, aliás, fazia com grande facilidade.

Subi outras três vezes aquela estrada sinuosa atrás de pistas. A casa tinha sido devolvida a seu dono e os conhecidos daquelas aventuras entregavam informações esparsas, imprecisas. "Disse que iria para o Nordeste, acho que Trancoso." "Um amigo falou que esteve com ela na Amazônia, numa tribo de índios." "A Índia. Era o que ela queria, deve estar lá agora." Desisti. O mundo era pequeno para a sede de Juliana.

Eu tentava matar a minha com cerveja quente no copo de plástico, quando ela ressurgiu, no meio da multidão. De bata branca e calça jeans, mãos dadas com um magrelo de cabelo preto e cara de baiano. Eu vi primeiro, sem que ela notasse, e engasguei. Coração bobo, coração mole. Vinte mil corações, bobos e moles, pulavam com Alceu e com Elba, doíam com Chico, seguiam Gonzaguinha, com fé no que virá. Tinha cheiro de novo aquele show do trabalhador para a multidão de jovens sonhadores.

E tinha cheiro de pólvora. A primeira explosão aconteceu ali, no fundo do pavilhão, quando os olhos de Juliana enfim se cruzaram com os meus. Fagulhas, pontas de agulha. Por um instante inicial, ela abortou a detonação. Fingiu que não viu, mas eu vi que fingiu. Depois, virou-se e olhou de novo, acendendo só um pouquinho daquele sorriso atômico. Aí o baiano magrelo, ignorando o terreno minado, deu um beijinho nela e retirou-se para ir ao banheiro. Bum!!!!!!

Acho que era a Clara que cantava quando a gente se beijou e se abraçou. Salve o samba, salve a santa, salve ela! Um beijo e ponto. Sem palavras, que bastava a canção. Precisamos sair rápido daqui. E corremos para o estacionamento atrás da nossa juventude que estava indo embora.

Encontramos a morte. A bomba tinha explodido no colo do sargento. O pátio estava vazio e deu para ouvi-lo pedindo socorro, logo depois que Juliana viu o carro com a porta aberta e o corpo metade para fora. Ela corria na minha frente, provocando a nossa fuga (ou a nossa busca). Estancou a carreira e gritou de susto.

Durou muito pouco. Tempo para a gente se aproximar e ver a cena. Um homem saía do carro, curvado, segurando as vísceras expostas e avisando: "Meu amigo ficou lá." No Puma, que tinha iniciado uma manobra antes da explosão, vidros destroçados e o corpo de um homem. Num segundo, seguranças e policiais chegaram, cercaram o carro e afastaram o pequeno grupo que havia se juntado a nós dois. Foi rápido. Só não deu tempo para que eles afastassem a impressão de que tinha acontecido alguma coisa grave. Afinal, era no mínimo estranha uma explosão dentro de um carro, no estacionamento do show de comemoração do Dia do Trabalhador, promovido por uma organização ligada ao clandestino Partido Comunista. Um orelhão ofereceu a Juliana a possibilidade de avisar uma redação de jornal. E, quando os homens do Puma foram identificados — dois militares —, surgiu a reportagem do ano, talvez da década.

Por que Juliana ligou? Porque conhecia um repórter que fazia o plantão noturno no *JB*. Porque intuiu que aquela era mais do que uma notícia policial. E porque Juliana era desse jeito: a história, assim como eu, dava as mais incríveis voltas para encontrar-se com ela.

Sou obrigado a reconhecer meu papel coadjuvante e admitir que quase estraguei tudo. Eu estava muito mais preocupado em fugir do baiano magrelo do que com a cena violenta do estacionamento. Tentei convencer Juliana a sair dali, deixar pra lá, desistir do orelhão. Não fui bem-sucedido. Felizmente, mas só reconheci na manhã seguinte. A rápida chegada da imprensa, acionada por ela, foi decisiva para impedir uma farsa monumental.

Acordei num quarto de hotel, em Copacabana, com Juliana gritando:

— Olha! Olha a TV! Eram dois militares, Brás, um sargento e um capitão. O sargento morreu. Que merda é essa?

Nem é preciso dizer que o baiano não nos achou, que entramos no meu carro e nosso reencontro completo começou ali mesmo, no engarrafamento da saída, excitados pelas explosões, pelo show, pela saudade, por tudo. O hotel era o meu, que fui ao Rio só para o espetáculo. Engraçado como, mais uma vez, a música nos unia, pensei. Ao som desse bolero, vida vamos nós, sussurrei à meia-luz, enquanto ela descalçava as meias, revelava a batata da perna e dizia com os olhos que começaria tudo outra vez.

Juliana adormeceu sem me contar por onde andou. Nem perguntei. Também não falamos sobre aquele magrelo que andava de mãos dadas com ela na plateia. Não interessava, não tinha importância. Quartos de hotel são sempre tristes, porque, impessoais, não contêm vida. Mas aquele pequeno apartamento de Copacabana que nos rodeava não existia, nem sequer como cenário da história. Não havia passado ou presente, tempo ou lugar: só ela e eu.

Até que as notícias da TV nos acordaram, despertador que trouxe o mundo de volta. As primeiras versões tentavam convencer que os dois militares foram vítimas, enquanto tentavam impedir um atentado preparado pela esquerda. Foram tentativas malsucedidas de encobrir uma verdade que era exatamente oposta. Mais duas bombas foram encontradas, uma explodiu perto da casa de energia, a outra não detonou. As fotos provaram que o sargento manipulava o explosivo dentro do Puma. As vítimas, nesse caso, eram os próprios terroristas. Desastrados.

É claro que esses fatos não se tornaram claros naquela manhã de hotel. Nem nas manhãs seguintes. Durante meses, Juliana e eu acompanhamos os esforços de investigação do chamado "caso Riocentro" com muito mais interesse que a maioria dos brasileiros. Eu em Juiz de Fora, ela no Rio (presumo). A imprensa não deixou que fosse esquecido, abafado, aquele quase atentado contra milhares de jovens, articulado pela direita do Exército. O tema foi perseguido por dias, meses e anos, até que os militares que se apressaram a culpar grupos de esquerda, tentando um pretexto para radicalizar a ditadura, foram desmascarados. Aquele não foi um caso, como muitos outros, que morre com o passar dos dias.

A nossa noite em Copacabana não teve a mesma sorte. Não teve nem suíte no dia seguinte. Juliana despediu-se no saguão do hotel, disse que iria me procurar e me deixou esperando, esperando. Esperando o dia de dizer a ela que aquele telefonema do orelhão do estacionamento foi fundamental para derrubar a ditadura. Um exagero, sem dúvida, mas um bom exagero. Primeiro, porque era um pouco verdade. Depois, porque era um jeito de fazer carinho nela. Bons motivos para ser exagerado.

Juliana sumiu no tumulto da manhã de sábado da avenida Atlântica e eu fiquei a ver navios. A maré ainda me traria ela de volta, mas eu não sabia quando. A onda que carrega é a mesma que traz. A claridade do sol doía, o rosto do homem dentro do Puma pedia socorro, as pernas de Juliana foram desaparecendo no meio de turistas, pivetes, garçons, prostitutas, camelôs. Esfreguei os olhos, dei as costas para o mar e afundei no escuro do hotel, para tomar café, arrumar as malas. E esperar. Quem me navega não sou eu, definitivamente.

— O futebol é uma doença infantil. Ou você é vacinado e se livra logo dela ou vai sofrer o resto da vida.

Aquela voz rouca do Delfino me achou no Fausto concentrado na partida do Botafogo. Eu estava sozinho — não é fácil achar um companheiro para acompanhar Botafogo e Bahia numa noite fria de quarta-feira — e aceitei a companhia.

— Já calculou quanto tempo da sua vida você passou vendo um jogo de futebol? Olha só:

Ele fez dois pontos, pegou uma caneta e rabiscou as contas no papel-toalha.

— Suponho que você acompanhe, na íntegra, uns dois jogos por semana.

(Era muito mais.)

— São 180 minutos, 720 por mês, 12 horas. A cada ano, seis dias inteiros dedicados a esse sofrimento. Você faz isto há trinta anos, pelo menos, não é mesmo, professor? São 180 dias de sua vida.

Eu ouvia. E o Bahia atacava.

— Metade de um ano. No dia em que você morrer, não tem expurgo. Esse foi o tempo que escorreu com o futebol. E olha que estou sendo econômico. Não incluí as peladas desde garoto. As Copas do Mundo. Não estou contando nem as prorrogações nem os acréscimos. Nem me lembrei das mesas-redondas.

Gol do Bahia.

— Esta é a regra: a derrota. Não, eu não me refiro ao seu Botafogo. É claro que ele ajuda na tese, mas ela vale para qualquer torcedor, de qualquer time. Mais de 95% de todo aquele tempo da sua vida que você entregou ao futebol é de tristeza, de perda. Você pode contar nos dedos as vezes em que sua dedicação a esse exercício foi recompensada.

O Botafogo não conseguia reagir, ficava preso na marcação do adversário. E eu fui ficando irritado com o discurso do oráculo, ainda que reconhecesse — mais uma vez — sua lógica irreparável. Ele percebeu.

— Toda essa decepção desemboca na raiva, professor. Você vai xingar o Abel, o Alemão, vai brigar com a mulher, daqui a pouco vai querer me bater. Mas você não tem ódio deles ou de mim. Tem é da sua impotência, da sua incapacidade de se curar dessa doença, da sua infinita estupidez.

Ataque do Botafogo. Delfino pediu uma cachaça, deu um gole longo, olhou para a tela e depois para mim.

— Mas tem um detalhe: não há nada melhor e mais maravilhoso do que ser torcedor de futebol.

Desgrudei o olho da TV e fiz cara de surpresa. Ele seguiu, depois de um meio sorriso.

— O apaixonado por futebol vive. No jogo que ele acompanha o que acontece é a vida. Esperanças inúteis, promessas falsas de alegria, montanhas de reveses, injustiça, revolta contra tudo e todos. E uns escassos momentos de euforia. Não é assim o futebol? Assim é a vida. Você está vivo quando acompanha uma partida, professor!

Falta. Gol do Botafogo! Levantei os braços e comemorei. Não estava nem me importando com a felicidade besta que me apareceu. Mais uma pinga para o homem barbudo que falava sem parar. Mais uma cerveja para celebrar o momento fugaz. Ele seguiu.

— E ainda tem duas vantagens em relação à vida. A primeira é que a gente pode fingir que tudo é só uma brincadeira e, assim, amenizar as perdas. E a principal é que no futebol não tem mentira. Está tudo ali, às claras, à vista de todos, dentro das quatro linhas. O frango que este goleiro baiano tomou é concreto, insofismável. Ele pode até inventar desculpas, dizer que escorregou ou que pensou na mulher dele dando a bunda pro vizinho e se distraiu. Não importa, vai ser só discurso. O que interessa é que a bola veio fraca, no meio do gol, e ele deixou ela passar sob o seu corpo. No futebol, ao contrário da vida, não dá para enganar. O craque tem que provar a cada jogo que é craque.

E tem somente noventa minutos para fazer isso. O futebol é a existência humana aperfeiçoada.

O Bahia tentou pressionar. Contra-ataque fulminante. Mais um gol do Fogão, Fogaço! Euforia no meu coração. Vontade de beijar o Delfino. Fim do primeiro tempo. E eu me atrevi a fazer o primeiro comentário às teses futebolísticas do meu novo amigo.

— Você se esqueceu de mencionar outra vantagem: tem intervalo para a gente respirar, se recompor, fazer xixi, pensar na sequência do jogo.

Veio o segundo tempo (sempre vem) e, embriagado pela virada espetacular, eu não fui capaz de prever que ele tinha outras armas guardadas.

— Satisfeito, não é, professor? A merda é que não é você que está em campo. Sua conquista é pobre, capenga. Você está gozando com o pau dos outros. Aliás, com os 11 paus alvinegros que estão em campo na Fonte Nova. Você não é o Botafogo. Quando você for dormir hoje ninguém terá reconhecido o seu talento. O futebol é a vida melhorada, mas o torcedor é um pobre-coitado que tenta fazer parte dela e jamais conseguirá. Por mais que berre na arquibancada, ele nunca será personagem na história que o futebol desenrola. Nunca. Lamento, meu caro. Sua atuação não vai receber nota nos jornais de amanhã.

É claro que o Bahia empatou e eu me senti um tanto idiota porque não podia fazer nada. O resto de jogo escorreu feito o macarrão sem tempero que eu dividi com o Delfino. E eu não deixei de me satisfazer: a massa insossa matou a fome e o resultado foi conseguido no campo do adversário.

— Feliz, professor?

Ele estava sendo irônico, tenho certeza.

— De zero a dez, quatro.

Eu não ia dar o braço a torcer.

Paguei a conta e ofereci uma carona, sem saber onde ele morava. Quando ele aceitou e disse que era no Retiro, me arrependi. Muito longe e eu já tinha feito uma viagem até lá naquela mesma tarde. O arrependimento acabou logo, Delfino era mesmo surpreendente.

Entrou no meu carro e se lembrou da conversa na feira.

— E então: comeu?

— Não — resolvi acrescentar, macho —, ainda não.

— Que merda. Perdeu o domingo. Tentou, pelo menos? Ou fez como o Botafogo, ficou satisfeito com o empate?

Não sei por que eu não mandava aquele sujeito abusado tomar no cu e o largava ali mesmo, no centro da cidade. Não sei por que eu resolvi contar para ele, de forma muito resumida, a história de Cecília. Até o Poço Rico, o curso de contadores de histórias e ela iluminando minha vida. Até o bairro de Lourdes, o mistério do desaparecimento de Denílson e o pacto no café. Até o Santo Antônio, um desvio para descrever o balanço das coxas e peitos no ensaio da Turunas.

Quando já se via o Retiro e, ao fundo, o Matumbi, encerrei o relato, mencionando, sem detalhes, a versão alienígena. E omiti a suspeita de que Cecília me apresentou no almoço do Catanha, ali bem perto de onde já estávamos, eu e o Delfino. Ele ouviu atento e eu me senti bem contando a história. Registre-se: ele ouviu atento e eu me senti bem contando a história! Cheguei a pensar que o Plano poderia ter esperança.

Ele me pediu para parar o carro em frente a um botequim. Um pé-sujo desses de subúrbio no final de noite de uma quarta-feira: balcão, vitrine com meia dúzia de salgados rejeitados, um dono mal-humorado atrás de uma calculadora, dois pés-com-gota dividindo um resto de cerveja quente, uma televisão desligada para não incomodar a vizinha de cima e um cachorro esperando o fim da cena.

— Desça aqui, professor. Vamos tomar a saideira.

Obedeci. Assim que saímos do carro, ele pousou a mão no meu ombro e falou baixinho, como quem conta um segredo.

— Você vai comer esta morena.

Cumprimentou o dono da birosca e me apresentou.

— Professor Brás: entendido das coisas do céu. Gente fina.

Delfino pediu uma cerveja e uma pinga. Levou-me para o fundo do botequim, com ar solene que só os bêbados e os verdadeiramente lúcidos ostentam. E anunciou:

— Vou contar uma história.

Quinta

Dona Iolanda ficou intrigada. Há muitos anos José Brás não era o primeiro a chegar à repartição. Nem o segundo ou terceiro. Todos os dias era ela a responsável por abrir o Centro de Previsão do Tempo. Dona das chaves, a secretária chegava antes das sete para esperar o Luizmar. O diretor costumava entrar por volta de dez horas e Brás sempre vinha um pouco antes (nove e meia, quinze para as dez): o funcionário esperto nunca deve chegar depois do chefe.

Naquela manhã de quinta-feira, quando ele abriu a porta às sete e vinte com a cara amassada, Iolanda não resistiu:

— Que surpresa! Caiu da cama, Brás?

O tratamento íntimo começara na véspera, depois da noite do ritual.

O meteorologista cuspiu um sorriso enfadonho: preguiça, clichê (a frase dela e o sorriso dele), tédio. E dirigiu-se, com um quase inaudível "bom-dia", à sua mesa de trabalho. Pegou na gaveta uma folha de papel almaço e rabiscou umas palavras e frases. Era como se tivesse urgência de registrar ideias ou informações antes que escorressem num ralo qualquer da memória. *Abaixou a cabeça, escorou com ambas as mãos. Era cedo para pensar num café. Depois de um suspiro longo, surpreendeu Iolanda ainda mais:*

— Dona Iolanda, preciso de um favor.

Ela, que observava, doendo de curiosidade, cada movimento dele desde a chegada inusitada, correu a socorrê-lo. Brás olhou para ela e falou em tom baixo, ainda que estivessem sós.

— O processo dos pontos luminosos. Eu sei que foi guardada uma cópia antes de ser enviado para o Exército. Eu queria dar uma olhada.

Iolanda entregou a ele um sorriso cúmplice e, em poucos minutos, um conjunto de folhas de xerox, escondidas dentro de uma pasta bege, sem identificação, com as bordas presas por elásticos pretos. Naquele instante, ela não tinha dúvida de que o professor fora tocado pelo evangelho intergaláctico que ela professava. Mas ele estava muito mais impressionado pelas revelações de horas antes, do profeta do Retiro, rei das cachaças.

José Brás dedicou as duas horas seguintes a uma leitura detalhada do processo, só interrompida por algumas anotações na pauta rabiscada e curtas pausas para o pensamento vagar. Parou com a chegada de Flávio Paulo: o colega era curioso e pegajoso demais, não podia arriscar. Escondeu a pasta dentro do caderno (o caderno!), e já não se sabia mais o que era ficção, o que era realidade. Se é que alguma vez se soube.

Enfiou as histórias embaralhadas debaixo do braço e foi terminar a leitura na Biblioteca Central, longe do olhar de Iolanda (que parecia suplicar respostas para perguntas que não fazia) e da inconveniência de Flávio Paulo (que pode tardar, mas nunca deixa de vir). É claro que, logo que ele deu as costas, o colega perguntou à secretária o que estava acontecendo, e ela contou. Existe prioridade maior, em qualquer agrupamento humano, do que a intriga? É a regra número um das organizações, de qualquer natureza.

Alheio ao que dele falavam, José Brás não tinha tempo para se lembrar do Botafogo, nem para cultivar a ressaca, na solidão da biblioteca. Transpôs para o papel almaço os seguintes trechos do processo:

1. *"No uso de suas atribuições, etc., etc., o Diretor do Centro de Previsão do Tempo da Universidade Federal de Juiz de Fora decide criar Grupo de Trabalho (GT) para avaliar o interesse científico/pedagógico em iniciar projeto de pesquisa acerca de supostos fenômenos observados na atmosfera local, conforme referências do noticiário de imprensa (anexo), e nomeia para compor o referido GT os docentes Flávio Paulo de Freitas Braga e José Brás do Nascimento e o técnico administrativo Mauro Dias. Juiz de Fora, 05 de novembro de 1973"*, sublinhou José Brás.

2. *"Bolas de fogo no céu do Retiro"* (Diário da Tarde, *24/09/73).*
   "Casais teriam visto OVNIs na serra do Matumbi" (Diário Mercantil, *28/09/73).*
   "Luzes misteriosas dançam no céu da cidade" (artigo de Dante Nunes, Gazeta Comercial, *07/10/73).*
   "Curiosos sobem a serra atrás de discos voadores" (Diário Mercantil, *08/10/73).*
   "Autoridades não acreditam em boatos sobre OVNIs" (Diário Mercantil, *09/10/73).*
   "Tem alguma coisa no ar. E não são aviões de carreira" (Jornal Sete, *15/10/73).*

3. "_18/11/73. Depoimento de Francisco José de Souza (transcrição):_

- "_três bolas de luz, meio azuladas. Andavam da esquerda para a direita, bem ali em frente, no alto daquela montanha. Maior que estrela, menor que a lua; do tamanho de um botão de camisa. Aproximavam e afastavam, na mesma cadência, pareciam rodar enquanto voavam._"
- "_tinha um zumbido sim, meio longe. Sabe o sinal que o telefone dá quando a gente pega para discar?_"
- "_eu estava na soleira da porta. Entrei para buscar os óculos e vi as horas: cinco e quarenta. Voltei para o lado de fora e as bolas ainda estavam lá, só que mais longe. Acho que passou mais uns dez minutos e elas sumiram. Esperei mais um tempo e nada. O dia terminou de clarear. Aí eu achei uma coisa muito estranha na minha sala: o relógio estava parado, até marquei. Cinco horas, quarenta e um minutos e 12 segundos. Ficou assim; nunca mais funcionou._"
- "_O zumbido? Não lembro. Acho que sumiu._"
- "_Eu sempre acordo a esta hora, cinco e meia. Para tirar leite. Naquele dia eu ouvi um barulho, parecia um galho partindo. Abri a porta e vi as bolas no céu._"
- "_Que dia? Há, tem um mês, mais ou menos. Logo depois que saiu a notícia no jornal._"

4. "Diário Mercantil, 28/09/73:

O hábito das cavalgadas noturnas tem crescido entre jovens da sociedade juiz-forana. São passeios em noites de luar por estradas e trilhas da zona rural da cidade. Três casais que buscavam diversão, aventura e belas paisagens encontraram uma surpresa no seu caminho, há uma semana. Quando percorriam o chamado

'Caminho da Pataca', na serra do Matumbi, foram recepcionados por luzes diferentes. Não eram estrelas ou a lua, mas estranhos círculos luminosos que voavam em movimentos ritmados.

(...)

Assustados, eles relataram o inusitado acontecimento a parentes e amigos, mas pediram que esta reportagem não revelasse os seus nomes. Os seis relatos são exatamente iguais, assim como o espanto desses jovens, todos de conhecidas famílias da sociedade local. O que teria acontecido no céu que cobre a zona leste da cidade?"

5. *"Relatórios de pesquisas de campo realizadas na serra do Matumbi nos dias 20, 23, 26 e 30 de novembro: nada de anormal foi verificado."*

Da janela da sala de aula de Cecília dava para ver a serra do Matumbi. O sino ainda não tinha tocado quando José Brás guardou as folhas do processo na pasta bege, juntou ao caderno e deixou a biblioteca. Enquanto ela escrevia o "Para Casa" no quadro a giz e pensava no rosto sem vida de Denílson, ele ocupava um orelhão do campus *para marcar os três encontros que pretendia ter, ainda naquele dia. Se tudo desse certo, pensou o meteorologista, senhor do tempo, ele poderia fazer chover até a noite.*

Passei a manhã tentando combinar a história de Delfino com as informações do processo. Achar conexões. O oráculo me garantira no balcão daquele pé-sujo que Cecília iria cair nos meus braços de Sherlock Holmes do Brejo. Mas eu não poderia oferecer a ela somente o discurso delirante de um bêbado. Ou será que, na verdade, isso é tudo o que eu tenho sempre a oferecer? Não, eu precisava confirmar a história, ou pelo menos recheá-la de verossimilhança, antes de contar a ela e ganhar o beijo cinematográfico da mocinha (e tudo que vem depois do *the end*).

No caminho até a casa do professor Zanata, na rua Oswaldo Cruz, fiz um grande esforço para me lembrar de detalhes da reunião com os militares na reitoria, aquela que arquivou o processo da pasta bege. Estavam presentes as imagens dos três homens de uniforme verde, o rosto carrancudo e enrugado do reitor, o silêncio que me pareceu constrangido de Zanata, na época o diretor do Centro. Por mais que eu me esforçasse, não via a presença do Flávio Paulo, meu companheiro do GT dos pontos luminosos. Tinha nítidas lembranças de frases inteiras proferidas em tom grave pelo general. Mas Flávio Paulo? Nada.

Giacomo Zanata estava aposentado havia quatro anos. Mas ainda tinha suficiente energia para distribuir gestos e frases sonoras que faziam de sua origem italiana quase um estereótipo. Fui recebido por um abraço de tapas fortes nas costas e por um punhado de palavrões dirigidos à universidade e ao Centro de Previsão do Tempo. Ainda que seu habitual estilo superlativo encaixasse as expressões de curiosidade em tons tão acima que pareciam de espanto, ele estava realmente surpreso com a visita. Não nos falávamos desde a sua despedida, festinha na repartição, no dia em que batizamos com seu nome uma velha sala de aula.

Disse a ele que as coisas tinham piorado depois da sua saída, falei mal de alguns colegas que ele detestava e foi o suficiente para estabelecer um clima de cumplicidade. Para justificar as perguntas que trazia, menti que havia retomado meu interesse pelo processo dos pontos luminosos porque a ditadura tinha terminado e os militares largaram o osso. Ele franziu a testa, mas deixou que eu fosse em frente.

O professor Zanata devia estar esperando perguntas sobre a "intervenção" militar que encerrou nossa pré-pesquisa. Creio que não contava com meu outro interesse:

— Por que o senhor decidiu criar aquele Grupo de Trabalho?

Ele respirou fundo e eu obtive minha primeira conquista da recém-iniciada carreira de detetive.

— *Ma che!* Eu sempre achei aquela história uma bobagem, fantasia para vender jornal! Só que o seu colega Flávio Paulo me encheu o saco uma semana inteira. E você sabe como ele é enjoado. Ele me dizia que era uma história popular, que a gente conseguiria visibilidade para o Centro e que, qualquer que fosse o resultado da investigação, a gente divulgaria e ganharia credibilidade. Assinei aquela portaria para me livrar dele. E você pagou o pato: era novato, o único que podia aceitar aquela besteira. *Scusami!*

Guardei a informação como uma pista e pulei para os militares. A resposta foi ao "estilo Giacomo Zanata".

— Quando o reitor me ligou, dei graças a Dio! Estava livre dessa merda. O Maurão nem trabalhava mais, alegando que tinha que fazer plantão no meio do mato. E a gente só tinha ele e a Iolanda de funcionários. Até hoje eu acho que os milicos queriam fazer marketing, mostrar serviço. A imagem deles não era das melhores, não é mesmo? Sei lá o que aconteceu de verdade. Só sei que foi a única vez que gostei de obedecer a "ordens superiores".

— E o Flávio Paulo? O que é que ele falou? Por que não foi àquela reunião na reitoria?

— E eu sei? Achei foi bom: ele nem apareceu, nem reclamou depois. Acho que se borrava de medo dos homens.

Zanata como fonte não tinha muito mais a fornecer. Agradeci e me despedi. Na porta de casa, ouvi dois conselhos:

— Esquece essa história, caríssimo. É pura perda de tempo. Ah! E cuidado com a Iolanda. Aquilo é uma jararaca.

Fingi que aceitei a primeira recomendação e que entendi o que ele realmente queria dizer com a segunda. Recebi um beijo estalado no rosto antes de deixar o velho chefe.

Enxuguei a bochecha dentro do carro e em menos de cinco minutos, estacionava no pátio da Academia de Comércio, na rua Halfeld. O café com Aristeu Gomes foi amargo como a lição (ou antilição?) de jornalismo que recebi. O velho editor do *Diário Mercantil* (periódico que sucumbiu com a queda do império dos Diários Associados) sobrevivia escrevendo horóscopos para a recém-nascida *Tribuna de Minas*.

— Nem sempre a realidade é notícia, meu caro. Aliás, quase nunca. Existe coisa mais chata que a realidade? Quem é que vai comprar jornal que informa "Juiz de Fora tem dia tranquilo e pessoas trabalham normalmente"? Examine o seu cotidiano, professor, ou o meu. Quem vai se interessar por esses fatos palpitantes que a gente protagoniza? Você com suas pesquisas enfadonhas, com seus livros, com seus hábitos. Eu com minha dor de barriga permanente, meu cartão de ponto, meu pau mole. Só que eu tenho que vender jornal para sustentar minha dor de barriga, meu cartão, meu pau ainda que mole. Que fazer? Preciso dar um jeito na realidade, se ela não ajuda.

Aquele era o seu Ari, que conheci ainda menino, amigo do meu pai. Sincero e mordaz. Ele entrou na minha pauta (para continuar no jargão dos jornalistas) daquela tarde de quinta-feira porque era o responsável pelo saudoso *Mercantil* no tempo das reportagens sobre os pontos luminosos. Fui atrás dele na esperança de descobrir a identidade dos casais que viram as "luzes diferentes", segundo a matéria publicada em 73.

— Invenção, pura invenção. Todo mundo na cidade falava desses discos voadores, mas não teve um puto dum repórter que encontrasse uma testemunha. Nem mesmo uma velhinha delirante, dessas que adoram aparecer em programa de rádio. A gente não tinha uma linha para publicar sobre o assunto do momento, olha só que bosta! Mandei repórter para a serra do Matumbi, liguei para o dono da fazenda, o tal Carneiro, e nada. Os três casais cavalgaram na minha cabeça, senhor professor!

O jornalista deu uma tragada no mata-rato, um gole no café da redação, e encheu-se de orgulho ficcionista.

— Uma bela ideia, não é? Cavalgada noturna: uma opção excitante, um tanto exótica, mas crível; existiam esses malucos que faziam passeios a cavalo de noite. Jovens casais de famílias da sociedade: um tempero picante; o que faziam no meio do mato, de madrugada? Ao mesmo tempo, respeitabilidade: bem-informado, o jornal tinha suas fontes entre representantes da elite local. E três (três!) casais, seis pessoas, número suficiente de fontes para garantir a veracidade da notícia. As pessoas estavam loucas para acreditar no boato, professor! Nós cumprimos o papel da imprensa, porta-voz da opinião pública: fornecemos os argumentos que todos buscavam!

Seu Ari olhou para mim e completou:

— Não fique desapontado. Minha ciência, assim como a sua, não é exata. Não se ofenda. Você olha mapas, gráficos, imagens, o céu, sei lá o quê, e passa informações, faz previsões e análises. Erra para caramba, não é? Eu também: olho o ambiente, escuto as pessoas, consulto documentos e informo, analiso, prevejo. E erro para cacete. Nossa vida é tentar — e não conseguir — decifrar o mundo. Saber disso é muito melhor que não saber. A gente continua com o tesão de buscar (porque é preciso, e pronto); e não fica com a frustração de não conseguir.

Eu não estava decepcionado: nem com a imprensa nem com a inexistência dos tais casais. De certa forma, tanto num caso como no outro minhas opiniões se confirmavam. As testemunhas nunca existiram, assim como a tal verdade jornalística.

O velho homem de imprensa, Aristeu Gomes, lenda do jornalismo juiz-forano, precisava voltar à redação para terminar de redigir o horóscopo que a *Tribuna de Minas* publicaria amanhã. E eu tinha que seguir atrás de informações. Não lhe perguntei as previsões para o signo de Leão.

Da rua Halfeld ao Fausto, oito minutos. Podia ser menos, mas era a hora de mãe buscar filho nas escolas da zona sul da cidade — e esse é uma espécie de momento sublime do egoísmo no trânsito, característica habitual dos seres humanos, particularmente acentuada nos representantes do sexo feminino. Estacionar em fila dupla, mudar de pista abruptamente, sem acionar a seta, fechar cruzamentos, parar em locais proibidos: foi o repertório que encontrei no caminho entre a redação do jornal e o meu velho botequim.

Superei os obstáculos e achei o Fausto abrindo a casa. Ele ainda levantava as portas e eu já entrei e peguei uma água na velha geladeira de porta de madeira, relíquia do estabelecimento. Ainda nem eram seis da tarde, achei exagero abrir uma cerveja. Fiquei enrolando com a mineral gasosa, esperando a ave-maria, até que o meu convidado do happy hour adentrou o recinto. Flávio Paulo foi pontual, devia estar morrendo de curiosidade. Respirei fundo; tinha que me encher de paciência, mas os objetivos eram nobres: desvendar o mistério e achar a chave que desabotoa os vestidos de Cecília.

Não falei dela com ele, é claro, não posso correr riscos de estimular as fofocas da universidade. Justifiquei meu súbito interesse em desenterrar a investigação das luzes do Matumbi com a notícia da visita da jornalista da revista *Leitura*. Ele também tinha sido procurado por ela. Pedi ao colega que me contasse o que sabia sobre a história.

— Tudo o que eu sei é o que você sabe.

Insisti que ele relatasse todos os pormenores, ainda que soubesse o quanto me custaria estimular um sujeito falante como ele (tudo pela causa!).

— Comece do início, Flávio. O Zanata me contou que nós só entramos nesse assunto por sua causa.

— É verdade. Eu insisti muito com ele. Sabe por quê? Vou confessar um segredo. Meu sogro era coronel da Polícia Militar. Numa tarde de domingo, ele me procurou em casa para conversar um "assunto sério". E me disse que a PM tinha relatos sobre os tais pontos luminosos. Que aquele poderia ser um assunto importante, envolvendo a segurança nacional. Ele me falou de uma reunião com o pessoal da 4ª

Região Militar e que percebeu interesse dos militares nos fatos. E confessou que estava preocupado com um possível abafamento do tema pelos milicos. Ele defendeu a entrada da universidade na investigação, como forma de garantir uma apuração verdadeira dos acontecimentos. E me pediu ajuda. Foi por isso que eu procurei o Zanata e consegui que ele envolvesse o Centro de Previsão do Tempo.

É claro que o Flávio Paulo não me relatou a intervenção do sogro dessa forma, com as poucas frases do parágrafo acima. Mergulhou em detalhes sobre aquela tarde de domingo, fez volteios e firulas, enfim, gastou umas cinco Brahmas só com essa parte da história. O leitor será poupado desse sacrifício (refiro-me ao Flávio, não às cervejas).

Outra meia dúzia de garrafas foi consumida nas lembranças do meu colega sobre a investigação, e seriam mais se eu não encurtasse o caminho.

— E o Exército? Por que você não foi àquela reunião com o reitor e o general?

— De novo o meu sogro. Ele me telefonou na véspera. Disse que o assunto estava ficando perigoso, que os militares não estavam gostando da nossa iniciativa e que iriam assumir o controle total da situação. Pediu desculpas por me envolver e terminou a conversa com um conselho: era melhor a gente se afastar. Eu entendi o recado e caí fora.

Flávio Paulo pronunciou a última frase com uma ponta de orgulho, seu subtexto deveria ser: "sou malandro, vou encarar os homens?"; o que reforçou minha opinião pouco lisonjeira sobre o colega. Ainda tentei verificar se ele tinha mais alguma informação sobre as razões de tudo isso, sobre o que deveria ter acontecido de verdade naquelas noites do

Matumbi, mas desisti rápido. Percebi que ele não tinha mais dados e que não arriscava opiniões. Cumpriu a ordem do sogro e tem medo até hoje de cutucar a onça.

Encerramos a conversa e eu dei um jeito de passar a ele a impressão de que não iria muito a fundo no assunto. Soltei frases do tipo "acho que essa história não vai mesmo levar a nenhum lugar", "a jornalista vai continuar sem notícia", "temos coisas mais importantes para fazer, não é?", e logo aceitei a chegada do Perna e do João Luiz na nossa mesa. Dei por encerrada a minha tarde-noite de Hercule Poirot e deixei rolar o palpitante debate sobre o empate do Botafogo, a derrota do Flamengo, a vitória do Fluminense e as perspectivas do jogo do Vasco de logo mais. Até cansar e escolher minha casa.

Tinha recado de Cecília na secretária eletrônica. Comemorei com um soco no ar, tal como um artilheiro. Estava chegando a hora do xeque-mate na mulata e foi muito melhor que ela movesse a peça no tabuleiro. Jogador medroso, eu sempre preferi que a mulher tomasse a iniciativa. Não liguei imediatamente, como se a demora fosse capaz de ampliar a minha suposta vantagem. Fui para o chuveiro arrumar as ideias. Nunca entendi muito bem por que uns minutos de banho ajudam a tornar as coisas mais claras. Talvez o sabão e o xampu removam a sujeira que embota a mente, do mesmo jeito que limpam o corpo.

Só disquei para a casa de Cecília depois que montei a estratégia de sexta-feira no banheiro e enxuguei as dúvidas e temores que ainda pingavam. Deixei que ela falasse: "Por que ligou?", perguntei, e ouvi queixas de vazio e tristeza.

Não mencionei a história de Delfino nem as minhas entrevistas do dia. Sugeri apenas o almoço de sexta como quem oferece um colo. "Meio-dia, na porta da escola." Desligamos, de acordo.

Enquanto esquentava a lasanha no forno elétrico, resolvi buscar a pasta bege para uma nova espiada no processo. Encontrei-a dentro do caderno. A pasta era a minha nova realidade, existia uma história ainda não revelada nas suas entranhas, eu tinha um plano concreto para o dia seguinte e quem sabe para outros dias seguintes. Mas o caderno era o meu destino, percebi assim que o peguei. Não me peça explicações, não as tenho assim tão fáceis. Cecília era de carne e osso, o almoço estava marcado, as investigações avançaram. Mas eu escolhi, naquela noite de quinta-feira, a Juliana de papel e, com ela, a história que um dia hei de contar.

A igreja da Candelária estava escondida atrás do palco. Quem olhava de longe, na Presidente Vargas, depois da esquina com a Uruguaiana, via só a cúpula. Mas os que tentavam enxergar alguma coisa procuravam mesmo os donos do microfone. O som não era dos melhores, mas deu para ouvir o doutor Sobral bradando, com contundente voz frágil, o artigo primeiro da Constituição brasileira: "Todo poder emana do povo e em seu nome é exercido." O povo éramos nós, espalhados pela avenida, com bandeiras verde-amarelas na mão e na alma. O locutor paulista puxou o coro carioca: "Brasil, urgente. Eu quero votar pra presidente." E a gente balançou as bandeiras ou cerrou os punhos. Alguém anunciou que já éramos mais de 1 milhão de pessoas e comemoramos com o poderoso sentimento de quem tem uma multidão do seu lado.

Viemos para o comício em ônibus fretado, vaquinha entre os professores e alunos e alguma ajuda da Prefeitura. O ambiente era de excursão colegial. Nosso destino era o Rio e o clima era de turma que vai para uma olimpíada colegial. Só que a gente sabia que não iria encontrar o adversário; só a nossa torcida. No ônibus, nas primeiras fileiras, vinha o time da velha esquerda, o pessoal do "partidão", cada um afundado nas poltronas com jornais e livros ou dormindo; logo atrás o pessoal do novo PT e os jovens do PMDB, em debate fervilhante sobre o melhor caminho para derrubar a ditadura; depois, o grupo da festa, devorando um isopor de latas de cerveja; e, ao fundo, a serenidade radical da equipe da maconha. Era mais ou menos essa a formação da delegação mineira em sua missão de derrubar o regime pela via democrática. Não fossem as paradas para abastecer o isopor, seria um percurso rápido pela estrada nova e moderna recém-construída pelo governo militar.

Eu, que tinha me posicionado da metade do ônibus para trás, desembarquei no Rio com meu fervor cívico calibrado alguns tons acima do habitual e minha capacidade de análise crítica um tanto nublada. A previsão do tempo só poderia ser de muita instabilidade pessoal. O impacto inicial de ver e sentir a multidão na rua foi a porrada suficiente e necessária para me transtornar. Para meus olhos de neblina, o garoto do chiclete, a menina de óculos e sandália da PUC, a claque que veio da Baixada em troca de um lanche, o boêmio do Catete, o mendigo imundo e desdentado da praça XV, os estudantes de uniforme, as famílias modernas de Ipanema, os batedores de carteira, os padres e freiras — todos integrantes daquela imensa plateia — eram companheiros, cúmplices, irmãos. Um novo país estava nascendo. Embriagado de coletividade, nem sonhei em perguntar se é perigoso a gente ser feliz. Em adivinhar que as aparências enganam os que amam.

Avancei no meio do público, tentando ficar próximo ao palco. Ouvi meus ídolos cantando seus hinos e os políticos discursando os seus. A polícia era cordial. A tensão estava só na minha cabeça e no medo de aglomeração. Abrir caminho e encontrar um pouso não era nada fácil. Achei uma ilha junto a uma pilastra, na entrada do beco das Sardinhas. Dava para respirar, ver o palco com saltos entre as cabeças, e tinha um vendedor de cerveja perto. Como eu conseguia subir num pedaço de meio-fio, podia virar os olhos e olhar a multidão. Refrões, bandeiras, aplausos e olhares desviavam minha atenção das palavras e canções dos protagonistas do show.

O clímax estava próximo quando localizei um sorriso claro num rosto moreno bem no meio do palco. Já disse que meu olhar estava nublado e que passei mais tempo acompanhando o público. São as razões por que demorei a identificar Juliana lá no alto, acho que entre o Ulysses e o Chico. Pisquei forçado algumas vezes para tentar limpar a visão, fiquei na ponta do pé. Tentei me aproximar e os espaços sumiam. Tentei enxergar melhor a cena, mas a barreira do público ficava mais alta a cada avanço meu.

Resolvi mudar a estratégia. Desvencilhei-me da multidão, enveredei pelo beco, dobrei a Marechal Floriano e ataquei pelos fundos. Cheguei perto da igreja, atrás do palco. A calçada da Candelária, naquela noite, se transformara em camarim do espetáculo das "Diretas Já", título oficial da festa. Foi estranho ver o palco na contraluz e ouvir o grito do povo à distância, um coro sem cara. As estrelas estavam bem mais perto de mim agora, só que de costas. Entre duas cabeças de seguranças, eu tentava achar Juliana.

Não me lembro de uma só palavra do discurso de Tancredo, que encerrou o espetáculo. Fafá estaria cantando a música de Milton e Brant para Teotônio e eu me esquecia do furor cívico, do meu papel de figurante de um momento histórico. Só tinha olhos de achar a minha musa. Enquanto buscava ansioso pescar a imagem de Juliana lá em cima e olhava o movimento do camarim aberto, inventei hipóteses para explicar a sua presença entre as estrelas do show:

(vi passar uma garota enrolada na bandeira do Brasil: ela acredita que é outro país.) E então encontrei Juliana recobrando a indignação da juventude. As cenas marcantes do Riocentro teriam reativado a chama adormecida da guerrilheira, que redescobrira sua causa e, como sempre, estava na linha de frente.

— "Os sonhos não envelhecem, Brás";

(vi uma funcionária do partido do governador recolhendo e guardando bandeiras, encaminhando os militantes contratados para o ônibus estacionado embaixo da Perimetral.) E Juliana chegou com crachá e prancheta, carteira assinada, transformando sua experiência de vida num contrato de trabalho.

— "É fundamental profissionalizar a atividade política para chegar ao poder, companheiro";

(vi o Carlinhos Vergueiro descer as escadas do palco abraçado na Zaira Zambelli, musa do cinema, estrela dos meus sonhos de *Bye Bye Brasil*.) E espiei Juliana entregando sua paixão, seu sorriso e a batata da perna a um ícone da música, do esporte, da política. E tornando-se personagem de colunas sociais.

— "Unir o agradável ao útil, meu querido";

(vi a moça com *walkie-talkie* e camiseta escrito "produção" dando ordens para o rapaz do som.) E Juliana desceu, de cabelos presos e linguagem de executiva paulista, construtora de resultados no mercado do show business.

— "O mundo tem pressa, meu caro."

Ah ! Se eu pudesse entrar na sua vida...

Nenhuma dessas Julianas desceu a escada do palco. Nenhuma Juliana desceu. Esperei até o último contrarregra e nada. Talvez tenha sido melhor assim, pensei, como quem acha que as uvas estão verdes. Juliana, como as Diretas Já, foi só uma ilusão de cena que contagiou — e enganou — a plateia. Corri para o ônibus para não perder a viagem de volta, que a outra já estava perdida.

No caminho, enquanto todos dormiam, saciados do cumprimento do dever patriótico e certos da vitória de nosso sonho, eu mantinha os olhos arregalados de espanto e medo. Juliana não veio me salvar dessa vez. A imagem de todos passou no reflexo da janela, como numa tela, confundida com a paisagem noturna da estrada: o garoto do chiclete, a menina da PUC, a claque da baixada, o boêmio do Catete, o mendigo da praça XV, os estudantes, as famílias de Ipanema, ladrões, padres e freiras, as muitas Julianas, os artistas e políticos do palco. Como eram diferentes, tão distantes uns dos outros! Desfez-se de vez a ilusão de que éramos um só time naquele jogo. Juliana não veio nos salvar dessa vez. Sem ela, o que será de nós? Fui o único que voltou do Comício da Candelária sem entusiasmo com o futuro. E não foi só porque Juliana se dissolveu; foi porque enxerguei nosso futuro se dissolvendo. A delegação, no ônibus, sonhava.

E eu estava acordado, merda.

O caderno dormiu aberto. Eu também, espalhado no sofá, exausto das procuras do dia para atender Cecília e da busca inútil na noite das Diretas por Juliana. O resto da lasanha ficou no prato, sobre a mesa da sala.

Sonhei, um sonho repetido. Só mudavam os personagens. Cecília, Juliana, meu pai, Iolanda, Flávio Paulo, Perna, João Luiz, Fausto, coronel Leão, Zanata, Aristeu Gomes, Osmar Santos, Tancredo, Leite de Vasconcelos, general Muricy, a mulher da bunda grande eram alguns dos espectadores de uma plateia de teatro. Eu estava na coxia, tinha que entrar e contar uma história. A história. Apavorado, achei que não iria me lembrar de nada. Até que bateu o sinal, a cortina abriu e não tinha mais saída. Eu era obrigado a entrar em cena.

Sexta

"Mas, para mim, o que vale é o que está por baixo ou por cima — o que parece longe e está perto, ou o que está perto e parece longe. Conto ao senhor é o que eu sei e o senhor não sabe; mas principal quero contar é o que eu não sei se sei, e que pode ser que o senhor saiba."

A frase de Guimarães Rosa estava escrita no verso de uma velha nota fiscal, guardada na minha carteira. No dia em que a li, numa exposição sobre Grande sertão: veredas, senti que ela me dava um misterioso sinal de que faria parte da minha vida. Anotei no verso da nota, único pedaço de papel disponível no momento. Dobrei e coloquei junto a documentos, cédulas e moedas, cartões, pedaços de guarda-napos com telefones, bilhetes velhos de loteria, recortes de jornal. A carteira é um museu da gente e, por estar oculto no bolso da calça, eu nunca visito o acervo. Mas, naquela manhã de sexta, acordei me lembrando da frase e achei a nota fiscal antes de sair de casa. Tomei banho, fiz a barba, bebi uma xícara de café com leite, comi um naco de queijo minas, sempre acompanhado da frase. O que parece longe e está perto, ou o que está perto e parece longe.

Cecília olhou seu corpo inteiro no espelho grande da porta do guarda-roupa e se lembrou de Denílson. Do jeito como ele a pegava por trás, das mãos fortes apertando os seus seios e depois dos dedos brincando com os mamilos, da perna que enroscava na dela. Foi em homenagem a ele que escolheu a calça de brim escura e a camiseta preta, de alça. A seu modo, vestia luto. No ônibus a caminho da escola, pensou em José Brás. "Até onde nós vamos?" Aos poucos, a certeza da morte de Denílson estava tirando de Cecília a vontade obsessiva de descobrir a causa do seu desaparecimento. De que adianta? Depois de todos os anos de busca, ela se sentia como quem perde o chão, como quem caminha sem estrada. Sem a estrada, nada fazia sentido. Como o professor, por exemplo. Ela percebeu que desenvolvera uma espécie de ternura por ele. Mas mesmo aquele sentimento não fazia sentido.

Passei a manhã com Guimarães Rosa. "Vou lá, conto o que sei, e pronto", pensei em voz alta enquanto caminhava. Resolvi andar no campus, coisa que havia anos eu não fazia. Achei que podia ajudar a organizar o roteiro do almoço, esticar as ideias em linha reta, como o sentido do andar, ordenar os fatos, um passo depois do outro. Por que contar uma história não era tão simples como caminhar? Ou era?

As cinco aulas daquela manhã foram despejadas sobre a turma de forma automática. Cecília falou como se um gravador tivesse sido ligado. Palavras, frases e temas se sucediam, conexos, coerentes,

180

mas desprovidos de alma. A professora robô cumpria sua missão tal como um burocrata carimbando documentos. Nem a guerra de papéis da turma da oitava série C foi capaz de acordar a sonâmbula de seu alheamento. Tocava a campainha e stop no gravador. No intervalo, um café e o pensamento em desistir do almoço com Brás. "Para quê?" Tocava a campainha de novo e play. Uma, duas, três, quatro, cinco vezes até dar meio-dia e redescobri-lo à sombra daquela mesma árvore, do outro lado da rua.

Cecília atravessou a rua e eu esqueci Guimarães Rosa. Ela não sorriu, parecia distante dali, seu Retiro era outro. Trazia cadernos e livros abraçados junto ao peito e vestia-se de preto. Deu-me um beijo seco, previ o meu fim. Só que era ela, era ela. E, mesmo seca, enlutada, distante, Cecília era um alumbramento. Perguntei "o que foi?" e ela disse "nada". Assim, só. O que está perto e parece longe. Fosse esse o personagem que os senhores já razoavelmente conhecem e o almoço, a tarde, a história, o desejo, tudo se desmancharia no ar parado de meio-dia. O personagem é o mesmo, sim, mas não sei o que deu nele. Disse "vamos?" e ela entrou no meu carro como quem obedece a uma ordem.

Ela estava achando tudo estranho: aquele carro, aquele homem, este par. Quando Brás levou Cecília ao restaurante escondido num canto de morro, ela teve certeza de que sedução era o único objetivo dele. No final de uma rua sem saída de um bairro perdido, a casa tinha só o seu dono (que era gerente, garçom, cozinheiro, tudo ao mesmo tempo) — e mais ninguém. Nenhum dos dois tinha o que ou de quem se esconder, só o lugar gritava segundas intenções, clima de encontro de amantes. Mas Cecília não era ela e deixou-se levar pelo homem do tempo. Divertiu-se até, um pouquinho, pensando em como seria a cantada de um sujeito tão sem jeito. Sentaram-se numa mesa de canto, como convinha à situação imaginada por ela, de frente um para o outro. Ele pediu uma cerveja e fez silêncio. Ela imaginou que ele estava tomando coragem para pronunciar um texto ensaiado e esperou.

Pedi uma cerveja e fiz silêncio por um tempo. Naqueles segundos, tive medo. Medo de não saber contar a história que trazia, medo de que ela não se interessasse, medo de ser criticado por alguma ação ou omissão que eu nem sabia qual era. Medo de Cecília. Medo de mim. Chegou a cerveja, demos o primeiro gole e eu propus um brinde "à esperança". Não sei de onde tirei aquilo, foi de repente, não tinha planejado, saiu. Ela aceitou, ergueu o copo e um meio sorriso. Achei que tinha me interpretado mal. Ou muito bem. Afinal, nem eu mesmo sabia o que essa esperança significava. Ou sabia — e não sabia que sabia.

Cecília se surpreendeu com o que julgou ter sido uma ousadia de José Brás. Ela conhecia muito bem os homens e tinha certeza de que a estratégia dele era a do consolo. Ou seja: ela ofereceria queixas e lamúrias, como no telefonema da noite anterior, e ele tentaria conquistá-la devolvendo carinho e compreensão. Por isso ela (que já não era a mesma da noite de quinta) estava decidida a não colocar lamentos à mesa. Quando Brás lançou o brinde e falou de esperança, Cecília entendeu que ele estava sendo muito mais

direto do que ela poderia supor para um homem tão embaraçado.
Esse entendimento encantou a moça, que resolveu jogar:

— Esperança? De quê? — perguntou, depois do encontro
dos copos.

Sei lá?! E agora, responder o quê? Você sabe que eu falei sem pensar, ela não. Talvez a melhor solução fosse continuar assim. Deixar essa voz estranha continuar por mim:

— Esperança? Esperança de oferecer a você muito mais do que palavras de consolo e informações sobre OVNI. De ir muito mais longe do que a casa do coronel Leão. De conhecer a Cecília que se esconde por trás da quase noiva que perdeu o soldado. Esperança é uma espécie diferente de sonho. Esperança não é crença. Esperança é o desejo real que move pessoas como nós. A gente se fez uma dupla porque tinha esperança. A esperança deste brinde, Cecília, pode ser qualquer uma. Ou todas. Pode ser esta nossa esperança concreta (a que nos uniu) de solucionar o mistério. Pode ser aquela sua esperança escondida, que só você conhece. Ou as minhas, como esta, que estou revelando a você agora. O gole desta cerveja quente neste bar feio, aqui, tão perto do fim do mundo, é muito mais gostoso que o do vinho mais caro no melhor restaurante de Paris, se aqui tiver esperança e lá não.

Este não sou eu. Eu tinha uma história para contar, preparei um roteiro, enfileirei as cenas para marchar de forma organizada até Cecília. Aí, chega este outro e revira o script de pernas para o ar, assim, de supetão? De onde surgiu este sujeito? Aonde ele vai nos levar? A reinvenção de Juliana e da nossa/minha história talvez tenham despertado uma identidade secreta. E este aqui seja o José Brás do caderno.

— *"Quem é você?"* — *teve vontade de perguntar Cecília.*
"Diga logo, que eu quero saber o seu jogo", pensou. Aquele homem
à sua frente bebia cerveja e falava de esperança, surpreendendo e
revolvendo sensações. Onde estava ela, que não havia notado essas
outras virtudes dele? Cecília tinha acabado de perder uma esperança
que, na verdade, já estava se desmanchando com o tempo. E ele
agora oferecia outra? Cecília sentiu que ele estava dizendo, de forma
especial, que ela merecia muito mais que o auxílio nas buscas por
um passado cada vez mais distante ou o apoio para enfrentar as
desilusões do presente. José Brás desconcertou a moça porque pôs o
futuro na conversa. Foi esse o seu jogo. O brinde e a sua fulminante
explicação tiveram o dom de rechear José Brás de sentido.

O que se sucedeu naquela tarde de sexta-feira, depois daquele descontrole verbal, é impossível de ser traduzido em palavras. Qualquer tentativa (como a que virá a seguir) é reles, é a mais perfeita revelação da pobreza do discurso diante da vida. Aos que dizem que, contada, a nossa história sempre será mais rica do que foi na verdade, garanto que é exatamente o inverso. Mesmo os mais brilhantes contadores não são capazes de transformar acontecimentos em verbo. Eles, os fatos, são indescritíveis.

Feita a ressalva, vamos tentar, posto que não posso sonegar informações a essa altura do campeonato.

Quando interrompi a fala-que-não-era-minha-mas-saiu-da-minha-boca, Cecília respondeu com um olhar inconfundível. Ela não me reconhecia (nem eu) e parecia dizer: "O que você pedir, eu lhe dou; seja você quem for." Seja o que Deus quiser, pensei, e prossegui naquele caminho torto. Falei que era impossível conviver com tanta beleza sem perder o juízo. Acrescentei a opinião sincera de que a inteligência de Cecília competia com a perfeição de suas pernas. Cometi outras frases idiotas, mas, àquela altura, não fazia diferença: por alguma razão, ela estava disposta a dar outro rumo à nossa tarde de sexta.

Começou estendendo os braços que atravessaram a mesa e me entregaram mãos espalmadas. Aceitei, é claro, as duas. Com a direita, evoluí, em silêncio: antebraço, cotovelo, ombro. Recebi, de volta, um aperto na mão esquerda. Demorou muitos minutos a fase de reconhecimento de pele. Foi ela quem me puxou para dar a volta na mesa e sentar na cadeira ao lado. E quem me enlaçou e me beijou a boca.

A cerveja esquentou e o faz-tudo do restaurante não teve o que fazer por um bom tempo. Ele só foi desperto para trazer a conta, e a tarde espantosa iria prosseguir na minha casa.

Hoje eu sou da maneira que você me quer. E fui amoroso, sutil, generoso. Quase não acreditei quando vi a rainha da escola de samba no meu quarto. Ela, tão menina; eu, que pensara que o meu tempo passou, nascendo de novo. Cecília, fonte da juventude, remédio universal. Beijei, lambi, mordi, conforme as orientações da bula. Dediquei especial atenção à batata da perna. Dura. Desenhada pela natureza e pelo uso de pernas de trabalhadora, horas em pé, entre deslocamentos e salas de aula. Morena. Terminando na dobra de trás do joelho, capricho de Deus. Gastei um tempo ali, depois que Cecília se desfez da roupa e do luto. Fiz grande esforço para que tudo não terminasse rápido, para que fosse possível dedicar-me a cada centímetro de perfeição que estava comigo. Amanhã, tudo volta ao normal, por isso é preciso adiar, adiar, adiar esse amanhã. A moça era desenho, forma, perfume, som e silêncio e, além dela, não havia quarto, apartamento, prédio, rua, cidade, país. Não havia nada além da multiplicação de mãos, da invenção de línguas, da usina de líquidos, da investigação de cheiros, da respiração que falava. Todos os sentidos num só. Ou a completa ausência de sentidos que é o amor em estado puro. Ele se basta. Para mim, naquela tarde improvável de sexta-feira, a gente se bastava.

O tempo. Como num romance ou num filme, o tempo não existe no amor completo. Um mergulho num abismo sem passado, presente ou futuro; um segundo que se converte em horas; toda a nossa vida (infância, juventude, maturidade) embolada no mesmo corpo. E assim brincamos de deuses, Cecília e eu, primeiro na sala e depois no quarto; primeiro assustados e depois senhores dos sentidos e do tempo.

Até que um raio atravessou nossos corpos e nos trouxe de volta ao reino dos mortais. Cecília ainda estava deitada sobre mim, depois do gozo, quando soltou uma gargalhada e a frase:

— Eu posso ser a Juliana.

— Quem? Qual Juliana? Como?

— Juliana. A do seu romance.

— Não entendi.

— Assim: você experimenta comigo e escreve, pondo o nome dela. Hoje, por exemplo, fizemos alguns parágrafos.

Com que rapidez ela inventou uma forma de prolongar nosso encontro sem precisar falar de amor ou paixão! Quando será que ela teve essa ideia? Não, isso não era importante. O principal é que a proposta trazia o desejo de repetir a dose e, ainda por cima, de tentar novos mergulhos. Contive meu entusiasmo com a perspectiva e voltei a argumentar que era só uma história, que eu não tinha a intenção de escrever um livro. E ponderei que a protagonista já estava desenvolvida e era bem diferente dela.

Cecília pulou de curiosidade: queria saber como ela era, o que as fazia tão diferentes. Resolvi responder mostrando uma passagem da história. Busquei o caderno e escolhi a parte de Mauá, inspirado pelo bico do seio moreno de Cecília, recostada na cama. Ele também apontava para cima do armário. Caprichei na leitura, me lembrando das lições do curso para contadores de histórias, e nem percebi que aquela mulata estava fazendo que o Plano fosse colocado em prática.

Quando terminei, Cecília não disse nada. Pegou o caderno das minhas mãos, tirou meus óculos e colocou sobre o criado-mudo. Fez com que me deitasse e, com carinhos suaves, reiniciou nosso brinquedo divino. Encostou a boca no meu ouvido e, depois de uma pequena mordida, sussurrou:

— Ninguém controla a história, ainda menos o seu autor. Viver é melhor que contar.

Alguma dúvida? Nem pensei em contestá-la. Dediquei-me a viver.

Até que a noite chegou discreta e trouxe a realidade, que é a parte mais longa e mais chata de todas as histórias. Cecília tinha que voltar para casa e ajudar a mãe a cuidar dos irmãos. Tomamos banho, recolocamos a roupa como quem reassume os personagens banais que ficaram arquivados nas últimas horas. Levei-a em casa.

Não falei das minhas recentes descobertas sobre os pontos luminosos. A história ensaiada ficou perdida em algum ponto da caminhada no *campus*, sei lá. O próprio caminhante deve ter ficado por lá, perdido, rodando atrás de si mesmo. O outro, aquele que foi até a porta da escola, subiu no pé da serra e escondeu-se no apartamento e no corpo de Cecília, é um que sabe que viver é melhor que contar.

Depois que nos despedimos, fiquei parado para observar Cecília caminhando em direção ao portão de casa, obra-prima escondida num subúrbio de Juiz de Fora. Será que a chamei de Juliana na hora do adeus? Não sei, fiquei com essa impressão, mas não importa.

No caminho de volta, me lembrei de Guimarães Rosa. Tive vontade de explicar ao guarda de trânsito que eu tinha contado a uma moça linda aquilo que eu não sei se sei. E que descobri que ela sabia.

Besteira, o policial não iria entender nada.

TERCEIRA PARTE

Posto Seis

Chega uma hora em que a história precisa de seu desfecho. Pode nem ser o ponto mais relevante da trama, mas é o que vai deixar a impressão definitiva na plateia. Nesse caso, a minha era formada por cinco homens de sunga e barriga de chope. Confesso uma certa melancolia enquanto caminhava ao encontro deles, naquela manhã de sábado em Copacabana. Vinte anos depois de nascer num café, em Juiz de Fora, o Plano estava perto de ser concluído, num botequim do Posto Seis, no bairro mais famoso do Brasil, a uma quadra do mar. E depois?

Resolvi ir a pé, do meu apartamento alugado na rua Siqueira Campos até lá, e fui pisando lembranças pelas calçadas. Aquele sol de inverno molhando as ruas trazia a luz e o clima do meu Rio de Janeiro ideal, mas eu pensava mesmo era na rua São Mateus. Faz cinco anos que troquei de cidade, para concluir o Plano. Com razoável sucesso, tanto para esse meu objetivo quanto para os fatos internos, minhas angústias, minhas inquietações. Não tinha dúvidas de que fizera a escolha certa, Copacabana era perfeita. Mas existiam momentos — como este — em que meu corpo estava no Rio, minha alma, em Minas. Enquanto ele prosseguia, em passos sem pressa, pela Nossa Senhora de Copacabana, ela descia ou subia a rua Halfeld.

Desde que foi concebido, o Plano previa que a plateia da história que eu iria contar não seria de Juiz de Fora. Uma decisão tomada por puro medo. Medo de fracassar em casa. Medo de mim. E agora, no dia da conclusão, eu continuava dividido entre aquele que foi provocado a dar um jeito na sua vida, há vinte anos, lá num café que nem existe mais, e o outro, que estava resolvendo a questão, agora, num bar do balneário.

A escolha do Rio foi óbvia, embora eu também tivesse cogitado me arriscar numa minúscula cidade da roça. Não precisei calcular muito para ter a certeza de que seria bem mais fácil envolver cariocas falantes do que matutos desconfiados. O Rio é bonito demais para assuntos sérios, é tão exuberante que não deixa espaço ou tempo para complexidades, para investigações mais profundas. É tanta nitidez que não cabem desconfianças. Lembrei-me de mineiros que foram para o Rio ganhar a vida contando histórias e concluí que eu tinha alguma chance, mesmo porque minhas ambições eram um tanto mais modestas: meia dúzia de ouvintes. Adicionalmente, desenvolver lá a etapa final da empreitada era muito agradável.

A cidade-mãe, aquela que ampara e conforta, cujas pedras e esquinas são cheias de significados incompreensíveis aos outros, aquela dos prédios que contam desavergonhadamente histórias da nossa vida pessoal, de sons, cores e cheiros que não se copiam — aquela ficou para trás. Ir para o Rio, aos 58 anos de idade, e virar as costas para o bar do Fausto, o velho apartamento, os armários de dona Iolanda, o caminho que leva à casa de Cecília, o rio Paraibuna (coitado!), as noites na avenida Rio Branco, a infância no Museu, o poste da Getúlio Vargas, o campo do Tupi... deixar Juiz de Fora àquela altura não foi nada fácil. Mas foi libertador. E talvez tenha sido mesmo essencial à conclusão do Plano.

Quando levantei a cabeça para olhar o sinal e atravessar, verifiquei que já estava na esquina da Sá Ferreira. O botequim era perto, hora de desviar a atenção do passado para o presente. Depois de cinco sábados consecutivos, eu iria contar o último capítulo da minha história aos novos amigos cariocas, que, depois de minuciosa pesquisa, eu escolhi e sequestrei para cumprir o papel de meu público. Para um grupo de veteranos frequentadores de praia e tomadores de chope de Copacabana, era praticamente uma reunião de estereótipos: um militar aposentado, um funcionário público federal em fim de carreira, um advogado de empresa estatal, um sobrevivente das antes generosas e agora escassas rendas familiares, um antigo jornalista esportivo, personagem semiconhecido de mesas-redondas dominicais.

Há quase um ano, cheguei ao balcão e tomei duas tulipas, com pressão. Algumas semanas depois, eu já estava nos banquinhos cativos do fundo do botequim, graças a eles, é claro, que me adotaram por iniciativa própria, pois, se dependesse da minha, este relato ou não estaria acontecendo ou só ocorreria alguns anos depois.

Após alguns encontros, percebi que dificilmente haveria grupo mais adequado a um contador de histórias principiante como eu. Era um ambiente de credulidade quase ingênua, que, depois do terceiro chope, ficava temperada por entusiasmos com histórias mirabolantes, mesmo as mais pouco confiáveis. A razão, percebi logo, era simples: cada um de seus integrantes usava o grupo para se valorizar, para enganar a si mesmo, para deixar em casa a sua mediocridade. Super-homens de botequim. E convinha a todos acreditar na conversa do outro, pois isso lhes dava uma aura especial, supostos detentores de informações privilegiadas.

Assim, o militar relatava casos dos porões da ditadura e de sua ação para proteger os perseguidos políticos; o burocrata orgulhava-se de entregar os interesses políticos que manipulavam a prestação de serviços públicos; o advogado contava as vantagens de trabalhar na empresa poderosa; o herdeiro lembrava glórias e honrarias de família; o jornalista desvendava os bastidores do futebol, dava as notícias que não podiam ser divulgadas. Mentiras? Verdades? Não importa. Era o jeito como (sobre)viviam.

Apresentando dessa forma, pode parecer que estou menosprezando a minha nova plateia. Se assim estou sendo interpretado, peço desculpas. Não é a intenção. Ao contrário, creio sinceramente que ali está um grupo adorável de pessoas, que exercita algumas das maiores virtudes do homem, na minha opinião: autoestima, crença no outro, solidariedade, ambição. Meus novos amigos são um barato.

E foram eles, aquele balcão de Copacabana, aquele chope com colarinho, o céu azul do Rio de Janeiro, as lembranças cinza de Juiz de Fora, a babá que passou de uniforme na calçada (e o balanço do vestido lembrou Cecília — ou Juliana), as predições do oráculo ou as orientações divinas, ou tudo isso, que me pôs a consumar o Plano.

Com um detalhe, uma mudança de rumo: a história que eu comecei a contar, cinco sábados antes, não foi a do caderno. Não foi a de Juliana. O caso que eu resolvi contar foi o que aconteceu, foi o de Cecília. Entre o Plano e sua execução, a realidade desabou feito um viaduto. E eu escolhi esse novo caminho, inclusive para não ser soterrado.

Usei todas as artimanhas que aprendi: nas observações dos tipos no Fausto, nas instruções e práticas do curso, no desenrolar dos enredos reais e fictícios em que mergulhei nestes vinte anos, desde a imagem rala na xícara de café. Fiz suspense com os pontos luminosos, com a aparição de Cecília, com o desaparecimento de Denílson. Recheei de detalhes os eventos na casa do coronel, em especial o culto. Modestamente, acho que fui bem. Meus cinco ouvintes aparentavam gosto pela narrativa e pelo enredo. Eu interrompia a história num sábado ("hora do almoço, gente, passamos da idade de beber tanto") e eles pediam a sequência na semana seguinte.

Até que chega a hora em que é arriscado adiar o epílogo. O público está no limite da curiosidade, um passo em falso e ela se transforma em enfado. Neste último sábado em Copacabana, vou contar a eles a outra versão sobre os pontos luminosos do morro do Matumbi, a que me foi apresentada pelo Delfino, a que eu tentei confirmar com algumas conversas, a que fantasiei com as informações que recolhi, a que eu iria dizer a Cecília mas não disse.

O que eles, com razoável atenção, ouviram de mim:

— O soldado Denílson era valente, mas não sabia nadar. Que pena! Também, quem mandou?

Quem mandou foi o sargento Ligório, que comandava o "treinamento". A tarefa consistia em atravessar o açude, de uniforme, carregando o fuzil, à noite, depois de quarenta horas ininterruptas de atividades e exercícios tão estúpidos quanto esse. O desafio era chegar do outro lado sem deixar molhar a arma. O açude tinha uns quatro quilômetros, de uma margem à outra, e no centro mais de cinco metros de profundidade. Eudes Carneiro, o dono do terreno, criava peixes e organizava pescarias por ali. Eu conheci essa represa de perto, quando andei nas matas do Matumbi, escalado pela universidade.

Denílson tinha músculos exaustos e o cérebro anestesiado ao entrar na água. Depois de submeter-se a uma sequência de torturas e humilhações no meio do mato, com pouquíssima comida e água e muitíssima agressividade dos comandantes, a gente não pensa: obedece.

Sim, senhor; pronto, senhor, e lá se foi o soldado açude adentro, sem se dar conta de que poderia dizer não, senhor, estou cansado, senhor, nunca aprendi a nadar, senhor. As mãos para o alto sustentavam o fuzil, a bota afundava no lodo, até que o chão foi sumindo, sumindo e de repente sumiu. A água passou do pescoço, agora era uma só mão a preservar o fuzil, que não podia molhar, o sargento ordenou, não podia molhar, tinha que chegar seco do outro lado. O outro braço tentou ajudar as pernas, cachorrinho de três patas debatendo-se para não submergir. Veio a cãibra, a água fria no nariz, o uniforme de chumbo, o escuro. O fuzil molhado, afogado. Sim, senhor. Não, senhor.

Deve ter sido assim, sei lá, às vezes sonho que estou afogando e, olhos arregalados, só vejo o escuro e um filete de luz bem longe, lá fora, deve ser a lanterna do sargento. Eu sonho com Denílson e é como se eu fosse ele em seu momento final. A boca se mexe, mas não sai som, entra água. Quanto mais o corpo se debate, mais é engolido. E o nariz arde, o nariz dói, até que não sente mais nada. Teriam sido esses os estúpidos minutos definitivos do noivo de Cecília? Peixes, em vez de ETs?

Um acidente, um idiota, um mártir na luta contra a subversão, um herói de guerra, um corpo sem vida no fundo do açude do Matumbi. O que é que eles estavam fazendo ali? Que mergulho insano foi esse? Que travessia foi aquela que terminou do outro lado — da vida? Por quê?

Ah! Cecília! A outra história do sumiço do seu soldado também é fantástica como a primeira, a que nós ouvimos do pastor das almas que acreditam em outros mundos. É uma história incrível (será que você pode crer?) pelo que carrega de insensatez, de loucura coletiva, aquela que de vez em quando acomete um grupo, uma instituição, um país inteiro.

Sabe o que faziam o soldado Denílson, o sargento Ligório, o coronel Leão e outras patentes — inclusive o general que eu conheci no gabinete do reitor — no morro do Matumbi? Não, não caçavam discos voadores, que estes só existiam no delírio carnavalesco de alguns. Eles estavam treinando para a guerra. Preparavam-se para combater perigosos guerrilheiros (me lembrei de Juliana-Estela e sua organização...), quiçá exércitos estrangeiros vermelhos que planejavam tomar conta do país e, quem sabe?, para enfrentar também os militares frouxos daqui, que começavam a falar em devolver o poder aos civis.

Eudes Carneiro cedeu suas terras para aqueles exercícios radicais, para a preparação da tropa de elite, para reuniões secretas, conspirações. Em troca de muitas vantagens comerciais, que ideologia, para ele (e acho que para a maioria) é um outro nome de dinheiro. O cenário era perfeito: acesso difícil e facilmente controlado, clima agradável, água em abundância, facilidade para as telecomunicações, instalações modernas e amplas na fazenda, acomodações confortáveis para a cúpula, condições naturais diversificadas para os exercícios de guerra. E logo ali: no coração da região Sudeste, no meio do caminho entre Rio, Belo Horizonte e São Paulo.

O único detalhe era explicar a movimentação de tropas, justificar o vaivém dos veículos verdes, não despertar desconfianças nem entre os inimigos do governo nem dentro dos palácios, pois aquela era uma iniciativa de grupo, não oficial, clandestina. Foi esse detalhe que fez nascer a misteriosa aparição dos pontos luminosos da serra do Matumbi. Na verdade, uma encenação, que combinou efeitos especiais de Primeiro Mundo com a ignorância de uma plateia de terceira, ávida por qualquer migalha de ilusão. Uma competente estratégia de comunicação (imprensa, boca a boca, conversas e cooptação de líderes de opinião, propaganda,

RP) garantiu o sucesso do espetáculo. Um campeão de bilheteria construído sobre a mentira. Como tantos outros que a gente conhece, não é mesmo?

Chego a pensar (é só uma suspeita, nunca consegui confirmar) que até a entrada em cena do Centro de Previsão do Tempo da universidade foi um arranjo para rechear a farsa de credibilidade. Aquele grupo militar armou um circo para poder entrar no picadeiro depois da função, sem provocar estranheza. E este narrador, que agora conta a história, esteve lá: no papel de palhaço. Flávio Paulo bem pode ter sido usado pelo seu sogro PM para arrastar o nosso Centro para dentro do circo. Ele é idiota o suficiente para se deixar manipular deste jeito e nem perceber.

Francisco, o caseiro, foi escalado por eles para viver o personagem "autêntico", que o marketing precisa para convencer o consumidor de que o produto é original e confiável. Sabe aquele espectador que o ilusionista puxa do meio da plateia, a fim de auxiliá-lo e de acompanhar as mágicas de perto? Primeiro, eles impressionaram e assustaram o homem com as notícias no jornal e no rádio. É fácil manipular a imprensa. Depois, encenaram para ele uma pantomima de som-e-luz, sessão exclusiva, numa madrugada de outubro de 1973. A tosca pirotecnia bastou para convencer Francisco, que, de tanta notícia, já estava predisposto a ver e a crer. Pronto! O mágico já tem a sua testemunha. Não importa que, dias depois, ela tenha percebido o fundo falso da cartola. Os espectadores já estavam conquistados.

Só que a cartola tinha fundo falso e, por saber demais, o caseiro, espectador-testemunha, já não poderia retornar ao convívio do público. Foi preciso providenciar outra mágica que o fizesse desaparecer. O que, num passe, foi providenciado. A primeira vítima da missão Matumbi — ou "operação marciana", como foi oficialmente batizada. (Os militares são sempre criativos — e irônicos — na escolha dos nomes de seus projetos.) Francisco sumiu porque estava perto demais do picadeiro, foi chamado à cena e acabou espiando as cartas escondidas na manga dos artistas. Quem mandou?

Quem mandou foi o coronel Leão (ou, vendo de mais perto, não). Poucos deveriam conhecer as reais intenções da "operação marciana", que estava preparando mentes e corpos para um golpe dentro do golpe, como passaram a classificar depois os analistas políticos. Para não correr riscos, era melhor que o coronel Leão não estivesse entre esses poucos. Toda bicha é fofoqueira, raciocinou o comando, análise científica. A ordem que ele recebeu foi a de preparar o grupo para embates terríveis contra adversários poderosos. Inimigos sobre-humanos. Sua obrigação era treinar os homens e manter absoluto sigilo. Mais não foi dito.

Quando soube do local da missão, o coronel teve um arrepio. Não havia nenhuma referência aos alienígenas no memorando que o designou para a missão, nem direta nem indireta. Mas era óbvio e devia ser segredo de Estado, deduziu o coronel. Ele, que quase levou essa sua conclusão, em forma de pergunta ensaiada, ao general. Quase. Desistiu, com medo de perder a confiança que lhe dedicavam. Afinal, ordens são para ser cumpridas; o bom soldado não pergunta por quê.

Enquanto remoía a curiosidade, a resposta chegou ao coronel Leão com o advogado capturado no meio da mata pelo soldado Denílson. Homenzinho tinhoso. Levou uma bronca, mas voltou no dia seguinte com uma história de cinema: a história do Criacionismo Científico e da volta dos deuses astronautas. Orador fascinante, carregou o oficial nas costas, que ele já estava pedindo para acreditar naquele roteiro e só faltou aplaudir quando viu que era protagonista. Num minuto, era o advogado quem mandava no coronel e ele nem percebia. O caseiro, por exemplo: falava demais, estava atrapalhando, podia arruinar tudo. Quem deu um jeito de evaporar com ele foi o comandante da operação, mas quem mandou mesmo foi seu recém-guru.

O sargento Ligório era duro, treinava forte, dizem que trazia a tropa na mão. Tinha um comportamento sádico com os subordinados, especialmente os novatos, mas naquele ambiente isso é muito mais cultura que característica pessoal. Na maratona encerrada no açude, o sargento exagerou na dose. E sofreu um grave desfalque no seu time. Foi o advogadozinho, novo-velho amigo, quem convenceu o coronel a não entregar o corpo à família.

O recruta que vinha logo atrás buscou Denílson no fundo do açude. Era tarde. Tentativas de ressuscitar o recém-afogado foram tensas, mas em vão. O corpo sem vida foi levado a um galpão, base da operação, ao lado da sede da fazenda. A decisão sobre o que fazer com ele foi rápida: tal como Francisco, era melhor sumir com o cadáver. Por melhor que fosse a desculpa, não se devolve um homem sem vida desse jeito, ainda mais quando não se tem explicação nem se pode ter atestado de óbito.

Alguém recolheu o defunto e teve a ideia de fotografar. Qualquer registro pode ser importante no futuro, especialmente diante da Justiça, se for necessário. O comandante era caprichoso, exigia tudo impecável, nos destacamentos do quartel e nas alas da escola de samba. Um da tropa se lembrou disso na hora de limpar e vestir o soldado afogado e fez a fotografia derradeira. Ficou boa.

Mais tarde, o corpo de Denílson foi levado ao Rio de Janeiro e jogado ao mar, para não deixar vestígios. Desse segundo afogamento ele não registrou lembrança, mas garante-se que houve singela homenagem militar (como a quem tombou na batalha), antes de o cadáver ser lançado aos peixes — agora de água salgada. Minuto de silêncio, toque de clarim no helicóptero sobre o oceano, continência, coisas do tipo.

O morto submerge, mas é teimoso. E a foto, último registro da sua imagem, acabou entrando na ficha, no lugar da três por quatro original, aquela tirada na galeria Salzer numa terça-feira à tarde, com toda a vida de quem tem dezessete anos. Não se sabe bem por que aconteceu a troca, mas parece que algum superior pediu um relatório do caso, o retrato do prontuário inicial foi retirado, anexado com cola Tenaz e encaminhado. E a imagem póstuma substituiu a outra na ficha, para não dar bandeira. Até que alguém resolveu que era melhor sumir com tudo: retrato, ficha, prontuário, vestígio do soldado; e o coronel carregou o documento para casa. Queimar dava dó — e era arriscado.

Foi assim que Denílson se afogou pela terceira vez. O soldado de Cecília foi arrancado da ficha e submergiu sob montanhas de papel dos anos de arbítrio. Aquele olhar cheio de vida e paixão nunca mais seria visto — nem mesmo em impressão fotográfica. O que restou foi o olho do afogado, que Cecília nunca aceitou. Porque não olhava, não a enxergava.

Era essa a história. Quem souber que conte outra. A "operação marciana" acabou meses depois, sem resultados práticos (a não ser os dois cadáveres, Francisco e Denílson). As tropas deixaram o Matumbi e abandonaram os exercícios, por falta de inimigos. Terrestres e extraterrestres. Ficou só a lenda. (E a súbita ascensão empresarial de Eudes Carneiro; e a angústia de Cecília; e a nossa pesquisa encerrada.) Para mim, ficou bem mais que a lenda: uma viagem a Portugal, uma mulata de sonhos e sua batata da perna. E uma história devidamente contada a meia dúzia de amigos de chope do Posto Seis. Pela primeira e única vez.

Era setembro de 2005 e estava decretado o ponto final do Plano, vinte anos depois daquele café ralo no fundo da xícara e da imagem idem. Contei as duas incríveis versões para o sumiço do quase noivo da minha mulata e deixei a resposta para eles (outra técnica aprendida, no curso e na vida). Não expliquei à escassa plateia carioca que essa que eu acabara de contar era a versão do Delfino, o profeta do botequim da feira, revista e ampliada. Ou seja: que ouvi do barbudo, num fim de noite em botequim, a tese de que os pontos luminosos foram inventados para encobrir uma operação militar. Não informei à turma do chope que, à falta de provas, preenchi lacunas da história com alguma investigação e um pouco de imaginação.

Teria sido esse o destino de Denílson? Ou era melhor acreditar na versão do coronel e do irmão Kael? Romance político ou ficção científica? Àqueles meus ouvintes — primeiros e únicos —, ofereci a escolha. E eles se dividiram. O ex-militar, o advogado e o jornalista escolheram a primeira opção e brindaram a morte de Denílson, vítima da insensatez da luta pelo poder. O funcionário público e o herdeiro foram fiéis aos adoradores de ETs e ergueram seus copos aos céus, onde está Denílson, vivo e feliz em alguma galáxia.

Houve um início de debate, que eu assisti embevecido, imagina!, minha história provocando e dividindo o público. Mas a tarde de sábado já estava mais perto da noite e a turma foi abandonando o teatro aos poucos, pagando ou pendurando e saindo rápido, cada minuto a menos era um tom abaixo na bronca da patroa.

Até que só restou o Johnny, o herdeiro quase falido, que não tinha mulher e a empregada de mamãe ainda esperava em casa para esquentar o almoço. Pedimos a saideira e ele fez a pergunta que realmente importava. Que era muito mais relevante do que aqueles fiapos de história que eu andava contando e enganando. Que me impediu de voltar para o apartamento da Siqueira Campos como um artista consagrado.

O Johnny segurou a tulipa com categoria de veterano, deu um gole largo e, com bigode branco de espuma, perguntou:

— E a Cecília?

Parque Halfeld

*E*la desceu do ônibus no ponto em frente à rua São João e ainda não tinha muita certeza se queria ir mesmo até lá. Saltou, atravessou a avenida e resolveu encostar por ali, um tempinho para pensar, perto da entrada do prédio da Prefeitura. Ficou olhando: a multidão que esperava o sinal verde para cruzar a Rio Branco e descer o Calçadão; a cabine suspensa da polícia; à-toas em frente à banca do Caruso; adolescentes com roupas estranhas na fila do quiosque dos sorvetes; advogados de gravata (ainda mais estranhos) com passos rápidos na direção do Fórum; distribuidores de panfletos de propaganda comercial; motoristas ansiosos no trânsito lento.

Cecília olhou para o Parque, que estava diferente; uma tenda branca competia com as árvores. Não ficou bonito. Ainda sem saber se aquela era a melhor escolha, ela contornou a praça pela frente e cruzou com Machado Sobrinho e Oscar da Gama. Ou melhor, passou diante dos bustos (e não se notava quem tinha a fisionomia mais retesada, ela ou eles, a musa ou os poetas). Aproximou-se da tenda e viu de longe o autor, debruçado sobre a pequena mesa, diante da fila para autógrafos.

Era ele: encurvado, olhos tristes, castanhos, escondidos atrás dos óculos pequenos. Os cabelos brancos e um ligeiro tremor nas mãos (que ela percebeu) eram os mais nítidos sinais de que estes vinte anos passaram para ele também. As marcas eram bem menos óbvias do que para ela, que não pulou dos trinta para os cinquenta anos impunemente. De fato, quem encontrasse aquela senhora que chegava de mansinho à Feira de Livros poderia perceber sinais de fartura nas formas e excelência nos traços, mas não adivinharia que estava diante do furacão que virou lenda no Carnaval de 86.

Naquele ano, José Brás saiu com o terno branco da diretoria da Turunas do Riachuelo e desfilou sua timidez e inexpressividade na avenida Rio Branco. Cecília foi na frente da bateria, de minúsculo biquíni brilhante, sandálias de prata, plumas na cabeça, passos virtuosos, toda a alegria do mundo nos lábios, e arrebatou camarotes e arquibancadas. Choveu forte durante o desfile, contrariando a previsão de José Brás ao coronel. A água fez brilhar ainda mais o corpo e a ginga da passista-destaque e encharcar o meteorologista desastrado. Para ele, o desfile durou três horas; para ela, quinze minutos. A história dos dois acabou na dispersão, porque todo enredo termina.

Com sua fantasia de baiana, enquanto festejava com os componentes e a arquibancada, aos gritos de "é campeã", dona Iolanda não teve olhos para ver que José Brás se esgueirou, todo molhado, por uma rua lateral e não comemorou o sucesso com a sua rainha de bateria. Havia alguns dias, sem se dizerem palavra, eles tinham percebido que era preciso escrever o desfecho. Todo amor um dia chega ao fim. E, sem combinação prévia, marcaram na agenda pessoal o mesmo momento. Ele, passos rápidos e miúdos, chapéu branco enterrado na cabeça baixa, desaparecendo no meio da multidão, na contramão do samba. Ela, braços abertos para a reverência do povo, esplendor tal coroa emoldurando a cabeça erguida, rainha do samba. Ele, reencontrando o José Brás da imagem do fundo da xícara, depois de um breve intervalo de ilusão. Ela, reinventando-se: como quem exorciza o passado, fecha a conta do presente e cria um novo personagem para o tempo que virá. Ele, com ele mesmo. Ela, com outra ela.

Iolanda, de baiana, não viu.

Não fosse a investigação que os uniu, o caso de José Brás e Cecília poderia ser classificado como mais uma história banal, um amor de Carnaval. Que nasceu na quadra, num final de ano, e morreu na Quarta-Feira de Cinzas do ano seguinte. De fato, foi assim. Mas só quem olha superficialmente deixa de captar o que aconteceu entre dezembro e fevereiro, antes daquela dispersão. Três meses: tempo suficiente para uma revolução definitiva. Para mudar uma vida.

Muito além dos fatos, foi assim:

Depois daquela tarde de sexta-feira inaugural, aquela que começou no restaurante tosco do pé da serra e terminou na fusão de Cecília com Juliana, os dois passaram a dividir seu tempo entre a cama e o caderno (com visitas à quadra da Turunas nos intervalos, pois o Carnaval vinha aí). Na cama, Cecília inventava situações, assumia personagens, provocava e desafiava o parceiro a transformar a experiência em relato. No caderno, eles enchiam de detalhes as aventuras com Juliana e caprichavam nos capítulos.

A busca por Denílson parecia encerrada. Ela não dizia, mas quando teve a certeza da sua morte percebeu a inutilidade da luta. Cecília queria reaver Denílson e não atestar a impossibilidade de seu reaparecimento. Canalha, José Brás percebeu e escolheu não *retornar ao tema original dos dois, para não correr riscos de reacender a chama: eliminou para sempre a decisão de contar a ela a versão do Delfino.*

Pensou assim: depois do mergulho atrás de uma história perdida no passado (e de não encontrá-la nos escombros do naufrágio), o presente se impôs. Pronto. Melhor voltar à tona e nadar, em direção a ele, sem olhar para trás. Cecília flutuava na mesma direção, o mar era calmo, eles experimentavam novas sensações, para que arriscar outro rumo?

Assim, os dois não voltaram ao culto da casa do coronel, para decepção de Iolanda. Escolheram o outro culto, que acontecia na quadra, entre surdos e tamborins. Era bem mais interessante cantar os deuses astronautas sob a forma de samba-enredo do que como um cântico pararreligioso. E continuaram cortejados pelo diretor da escola de samba que, faro apurado, apostou e acertou no sucesso da mulata.

Entre quatro paredes, a passista e o meteorologista instalaram uma usina de fantasias, febril produção. Com toda a urgência de quem sabe que o delírio da febre vai se aquietar, vai esfriar, até passar. Sempre passa. E enquanto não passava, os dois se dedicavam a fabricar sentimentos e palavras, posições e frases, enxurrada de ideias reais e imaginárias, testadas à exaustão. E ponto.

Parágrafo. Recomeçar depois do repouso, outros sonhos, outros pedaços de história. Às vezes, acordavam vazios — de desejos e de cenas a inventar — mas ficavam ali, em silêncio, carícias suaves na pele e no pensamento, reverenciando a sabedoria do tempo... até que uma fagulha qualquer, vinda não se sabe de onde, reacendia a fornalha e botava de novo a usina para funcionar.

Naquele verão, a história do caderno de José Brás ganhou forma e conteúdo, recebeu vida. Graças a Cecília. Juntos, eles liam e reliam trechos em voz alta, ora um ora outro no papel de narrador. Cecília se vestiu (e se despiu) de Juliana o tempo todo, e ele já não as distinguia, a intérprete da personagem. De certa forma, Cecília sequestrou Juliana e colocou nos braços do autor uma outra, metade imaginação metade gente, metade feitiço metade matéria.

José Brás nem percebia o que Cecília realmente fazia com ele, mas, ainda que percebesse, seguiria em frente, com certeza. Primeiro, porque era impossível resistir àquele terremoto que retirou o seu chão. Segundo, porque era prazer e estímulo em estado bruto, matéria-prima danada. Eles gozavam a experiência de viver e criar. (Aliás, de que serve viver senão para criar?) E a história enchia as páginas do caderno.

Certo dia de janeiro, ele chegou à noite em seu apartamento e encontrou Cecília lá. (Para quem tinha conquistado a chave da alma daquele homem, ter também a de sua casa era só uma decorrência óbvia.) De calcinha e camiseta rosa, ela batucava com ritmo intenso as teclas da antiga Olivetti dele.

— O que é que você está fazendo?

— Datilografando o livro.

— Que livro, menina? Já lhe disse que isto não é um livro.

— Vai ser.

Vinte anos depois, o livro estava bem ali, dezenas de exemplares em pilhas harmoniosas sobre uma mesa, num canto da tenda branca, centro do parque Halfeld. José Brás assinava autógrafos, com enorme esforço para escrever dedicatórias que aparentassem bom humor e inteligência. E Cecília espiava de longe, sem saber ainda se entrava na fila para reivindicar uma assinatura personalizada do autor. Dedicatória nem seria preciso, pois ela se sabia protagonista do romance, depois que conquistara o papel de Juliana.

Ela já pensava em desistir, quando ele se levantou para cumprimentar um amigo antigo que chegava, um companheiro de Fausto, talvez. E os dois olhares se esbarraram bem ali, no coração da cidade. Ele havia pensado em preparar-se para esse encontro desde que decidiu aceitar o lançamento do livro em Juiz de Fora, mas depois abandonou a ideia de montar uma estratégia. Achou mais adequado pensar que Cecília não iria aparecer — ele, que sempre achou mais adequado pensar sobre si mesmo negativamente. E, ainda que estivesse enganado, de que adiantaria ensaiar uma reação que não se podia prever? Ela, que já tinha preparado um discurso dissimulado de leitora diante do escritor, quando chegou a hora, esqueceu o roteiro.

A história que a gente escreve nunca é a que se quer escrever. É a que aconteceu, o que é bem diferente.

Assustada ao se ver descoberta, Cecília fez menção de recuar rapidamente e voltar ao ponto de ônibus.

Desconcertado, ele nem completou a frase de saudação ao amigo (seria o Perna?).

As pernas não obedeceram e ela se deteve, paralisada.

Ele deixou o Perna e foi até ela.

Ela: — Parabéns.

Ele: — Quanta honra!

Ela: — Estou ansiosa para ler.

Ele: — Você? Não precisa.

Ela: — Não conheço o final.

Ele: — Nem queira. É decepcionante.

Ela: — Você não perdeu a mania de autodepreciação.

Ele: — É que as ideias boas foram embora, depois que eu perdi quem me inspirava.

Ela: — *Juliana?*

Ele: — *Juliana morreu em Cabo Frio, na praia do Forte, no meu silêncio.*

Ela: — *Engraçado. Eu achei que ela tinha nascido ali.*

Ele: — *Engano seu. Foi só um delírio.*

Ela: — *Mas ela está aqui. Bem viva.*

Ele: — *Aqui, no Parque Halfeld?*

Ela: — *Aqui: no livro.*

Ele: — *Coitada. Esta não sobreviveu mais que uma centena de páginas, se é que chegou a sobreviver. E acabou de vez com a última linha. Ponto final.*

Ela: — *Não seja dramático. Este recurso barato você aprendeu no curso para contadores de histórias.*

Silêncio curto, para tomar fôlego.

Ele: — *Você precisa saber de uma coisa: o Plano foi realizado.*

Ela: — *Estou vendo. E o público está comprando.*

Ele: — *Não. Estou falando de reunir a plateia, segurar a atenção e contar. Eu consegui.*

Ela: — *Eu sabia. A história é boa.*

Ele: — *Eu não contei a história do Caderno, a história de Juliana.*

Ela: — *Como assim?*

Ele: — *Eu contei a história da Cecília.*

José Brás estava sendo requisitado pelos organizadores. Tinha uma pequena fila à espera do autor. Antes de voltar para atender o público, ele apanhou um exemplar, abriu na folha de rosto e rabiscou umas palavras tortas. Entregou a ela. Cecília, um tanto confusa, agradeceu com abraço e um beijo no rosto. Molhado. Ele reassumiu sua função e ela voltou ao ponto de ônibus, os filhos estavam esperando, o marido tinha que sair para o futebol.

A caminho do bairro, Cecília abriu o livro e espiou o que ele tinha acabado de escrever.

"E eu não sabia que minha história era mais bonita que a de Robinson Crusoé."

Ela olhou pela janela do ônibus e viu a cidade passando, a vida passando. A vida da gente se desmancha aos poucos, até que desaparece. Feito uma história bonita.

Em casa, Cecília despachou o marido impaciente, pôs o garoto para estudar (que ele estava de recuperação), fez um lanche para as gêmeas (para não chegarem com fome à casa da vizinha), e só então sentou no sofá para conhecer o que aconteceu com Juliana antes de se desmanchar no último capítulo e desaparecer no ponto final. Abriu o livro e um sorriso quando leu o título do último capítulo: "Praia do Forte".

Praia do Forte

A caminhonete preta, importada, estacionou junto ao calçadão, no final da tarde. O casal desceu e depois desembarcou as netas, duas meninas, de três e quatro anos. Sentado num banco, de frente para o mar, ouvi a voz da senhora coordenando as ações: cuidado, Mel!, pega a mochila no banco de trás, Valdo!, Luana, traz o baldinho! Observei a operação. Eles escolheram um canto estratégico do bar da praia: avós à mesa, ainda sobre a calçada; Mel e Luana em frente, na areia, com seus brinquedos.

Abandonei logo a cena típica e encarei o horizonte, fazendo esforço para não pensar em nada. Levei um susto quando a mesma voz da avó gritou meu nome:

— Brás!

Aquele som, aquele tom foram o bastante para reconhecer Juliana, mais de vinte anos depois da nossa última aventura no Riocentro (o comício da Candelária não conta, parece ter sido uma derradeira ilusão). O sorriso, largo, luminoso — um que eu vi de perto pela primeira vez numa noite antiga, naquela mesma praia —, foi só confirmação. Olhei para ele e nem vi as rugas, a cabeça branca assumida, o corpo transformado pela passagem implacável dos dias, dos anos. Senti um arrepio, como se o tempo tivesse passado por dentro de mim, me carregado com ele por um redemoinho e me despejado num lugar que não é passado nem presente, um lugar sem tempo.

Juliana, a avó, sem se importunar com o tempo, me reconheceu na beira da praia do Forte e me convidou a sentar com ela. Ou melhor, com eles: Valdo, o avô (magro, cara de baiano velho, este rosto não me parece estranho) e as duas meninas, construindo seus castelos de areia, e nem ligando para o mundo. Respondi ao chamado automaticamente, ainda anestesiado pelo susto, incapaz de reagir de forma não protocolar. Juliana me apresentou a todos ("velho amigo de Juiz de Fora") e eu me senti ainda mais velho e menos amigo.

Aceitei dividir uma cerveja com eles e, depois das atenções convenientemente dedicadas a chamar o garçom e fazer o pedido, instalou-se um silêncio cortante. O que dizer? Quem vai tomar a iniciativa? Eu sempre fui um fracasso nessas situações e fico à espera de que algum milagre aconteça, como, por exemplo, ser teletransportado dali para o sofá da minha casa. O milagre aconteceu: tocou o celular do vovô. Pela rapidez com que ele atendeu e pela atenção que dispensou à ligação, percebi que ele também dava tudo para não estar ali. O silêncio da mesa permaneceu por mais um tempo, enquanto ele falava como um executivo no saguão do aeroporto, despejando palavras de gravata, como "performance", "gestão", "mercado". E falava alto, com seu sotaque cantado, como se conversasse com os que estão ao redor e não com o do outro lado da linha. A conversa esquentou e o Valdo se levantou para prosseguir a reunião telefônica, indo e vindo calçadão afora.

Juliana sorriu de novo, agora um sorriso sem graça, quase um pedido de desculpas. Aproveitei o marido capturado pelo seu celular e tentei romper o silêncio:

— Olá ! Como vai?

— Eu vou indo. E você? Tudo bem?

Nem tive tempo de esboçar uma resposta sem graça qualquer, um vou-levando, um estamos-aí, um na-luta. Luana e Mel se desentenderam pela posse de uma pá e a vó teve que intervir antes que virasse guerra de areia. Quando Juliana conseguiu selar a paz e voltar à mesa, o baiano continuava com seu telefone e seus jargões do mundo corporativo do século XXI. Antes que eu destilasse curiosidade e ironia, com uma singela pergunta sobre o sujeito, ela apresentou o marido.

Valdo, principal executivo de uma multinacional da área de entretenimento, era sim aquele magrelo que ela deixou para trás no show do Riocentro. Naquele tempo, candidato frustrado a uma carreira de músico baiano. Depois, enveredou pela publicidade, ampliou caminhos pelo marketing, usou a sua lábia natal e seus contatos nativos. Virou diretor de mercado e depois presidente da tal multinacional, que atuava em ramos diversos da chamada diversão e arte. Gostava de dizer que sua história pessoal era um *case de sucesso*, para não trair o linguajar, e fingia enfado ao ser paparicado por estrelas e candidatos (e candidatas) a uma migalha de espaço no mundo do *show business*. Valdo e Juliana tiveram um filho pouco tempo depois do caso Riocentro, passaram apertos para criar o garoto, até que as coisas engrenaram e (olha que lindas!) hoje corujam as netinhas.

Juliana falava rápido, relatório de duas décadas em cinco minutos, antes que a ligação terminasse ou as netas voltassem a se pegar. Caetano, o filho, era economista, estava fazendo pós-graduação nos Estados Unidos. Separou-se dois anos depois do nascimento de Mel; a ex-mulher dele era atriz, o Valdo garantia os empregos dela. Agora, fazia excursão com uma peça de teatro e eles cuidavam das meninas. Eu ouvia Juliana atordoado, pela forma e conteúdo. Parecia uma síntese acelerada destes estranhos tempos de hoje. O que foi feito de nós?

O que foi feito de tudo que a gente sonhou? Consegui uma brecha na torrente de palavras para uma perguntinha singela:

— E você?

Aquela senhora a meu lado, avó dedicada, mãe orgulhosa, esposa de um homem poderoso, me olhou com um olhar diferente daquele que eu amei. Daquele que me encarou com carinho naquela mesma praia, aos 17 anos. Não vi sinal do olhar de esperança e de fogo, de 64 e de 70. Onde o brilho da raiva antes do exílio? Cadê a alegria e a paixão arregalada de Portugal? A inquietude dos olhos vivos de Mauá? Não reconheci. Mas também não era um olhar triste ou resignado que me fitou nesse instante.

Era um olhar frio, assustado. Um olhar de 2005.

Com ele, Juliana respondeu que cuidou do filho, do marido e, agora, das netas. Seria uma sabedoria misteriosa de mulher? Perceber o que importa, de verdade? É isso o que foi feito da sua vida, o que foi feito do amor? Não era o que eu queria saber? Ela voltou os olhos para Mel, Luana e seus sonhos de areia. Agora, era um olhar de ternura e percebi uma lágrima ligeira escorrendo no canto esquerdo do olho. Insisti:

— E você? E o resto?

Juliana estava de costas para a TV do bar, que transmitia uma reunião da Comissão Parlamentar para investigar denúncias de corrupção no governo federal. Luana derrubou com as mãos o castelo que tinham acabado de erguer. Valdo retornou, pedindo desculpas, um erro no *"budget"*, ele tinha convocado uma reunião do "*board*" para daqui a meia hora, no salão de teleconferência do hotel.

Juliana recolheu as netas e seus brinquedos, despediu-se de mim com um abraço e um a-gente-se-vê, entrou na caminhonete importada e me deixou só, entre o mar e a TV. E o resto.

Ela

Cecília fechou o livro, despediu-se de Juliana e foi para a cozinha preparar o jantar. Depois do futebol, tem cerveja com o time, conversa fiada, e o marido chega com fome. Ela abriu a geladeira, pensando em esquentar o estrogonofe e cozinhar umas batatas. Mudou de ideia. Retirou um bacalhau do freezer, reuniu uma variedade colorida de ingredientes, abriu uma lata especial de azeite e caprichou.

O marido comeu com gosto e vontade, elogiou o bacalhau, mas seria do mesmo jeito se fosse o estrogonofe requentado. Ela sabia que era assim, mas não se incomodava. O importante é que ele estava alimentado e feliz.

Cecília, sim, saboreou o jantar com prazer de momento único. Repetiu, suspirou. José Brás nunca saberia que ela tinha cozinhado para ele.

Enquanto lavava a louça, Cecília pensou que o amor tem hora certa. Não adianta chegar a ele antes do tempo, como foi com Juliana. Nem tarde demais, como foi com ela. Ela, que "entregou"

Juliana para ele e foi embora. Que deixou para trás um amor que passou e que foi lindo como um Carnaval qualquer.

Cecília enxugou os pratos e, com aquela parte ainda seca da manga, perto do ombro, deteve uma lágrima que teimou em escorrer. Uma última lágrima, por dó de José Brás, que não vai sair da praia do Forte, atrás da palavra que nunca foi dita.

José Brás

Deixei a Feira de Livros e segui por dentro do parque Halfeld, em direção à rua de Santo Antônio, caminho de quase toda a minha vida. Tentei esquecer o encontro com Cecília e me concentrar na contabilidade dos fatos: contei a história, lancei o livro. Saldo azul, missão cumprida.

Por desvio de ofício, observei a tarde seca, 21 graus, temperatura estável, nuvens esparsas.

Fui em frente, com passos curtos, até perceber uma figura estranha, sentada num banco do parque, lá pros lados da Marechal. Penso que reconheci o velho barbudo, chinelo de dedo, unhas sujas, calça de pano puído, agasalho antigo, olhando para a árvore da igreja de São Sebastião.

Sentei ao lado dele, também levantei o rosto e encarei a árvore. Grandiosa, linda. Ficamos, os dois, por uns minutos, admirando.

Até que ele se virou para mim e perguntou:

— E daí, professor?

Delfino não esperava resposta. E nem tinha. Pensei em Cecília, em Juliana, na praia do Forte, no café, no Fausto, em Copacabana.

Olhei para a árvore, grandiosa, linda.

Respondi:

— E daí?

Este livro foi composto na tipologia Bembo Std
Regular em corpo 11,5/16, e impresso em
papel off-white 80g/m² no Sistema Cameron da
Divisão Gráfica da Distribuidora Record.